管家琪
說漢字故事

◎管家琪

自序

童話漢字

◎管家琪

好像也就是在不久以前，每次和小朋友的見面會一結束，就會有不少小朋友問我聯繫地址，現在呢？則是紛紛問我MSN。時代真是不同了啊。而當小朋友聽我說沒有MSN，也沒有伊媚兒時，都瞪大了眼睛，一副不可思議的樣子。不僅是小朋友，大人的反應也是一樣。有一次，一位比我年長十歲的文友，應該說是前輩，初次見面，問我伊媚兒，我說我沒有，因為我到現在還是用紙筆寫作，當時他的反應就像被什麼武林高手點了穴道似的，就那麼一直看著我，半天說不出話來，後來還是旁邊的朋友都笑出來了，推推他說：「你呆掉啦？」這位前輩才以驚異無比的口氣說：「我實在不敢相信，這個年頭居然還會有人不用電腦，還在用紙筆寫作！」

其實我會上網瀏覽新聞，查找資料，但寫作的時候則始終還是喜歡用紙筆，主要原因就是我覺得漢字很美，寫這些方塊字特別是正體字本身就是一種莫大的享受。

很多外國人都說，漢字非常難學，因為那一個個方塊字之間，好像都沒有什麼關係。這是因為漢字是屬於「表意文字」。世界上的文字雖然多種多樣，但大體來說可以分為「表意」和「標音」兩大文字體系。而所謂「表意文字」，就是說文字與語言的語音方面並沒有直接的聯繫，每一個字只能表示一個音節，不能明確表示讀音，但每一個字的本身就能表示一個意思。對於不習慣「表意文字」的外國人來說，這確實是太深奧也太難領會了。但實際上每一個漢字的形成都有

其脈絡可循。

長久以來，在傳說中一直都認定漢字是倉頡個人所創造的，然而愈來愈多考古成果證明，漢字其實是很久很久以前廣大老百姓的一種集體創造結果。所謂「很久很久」到底是多久呢？根據科學測定，位於中國大陸西安半坡村遺址距今已有六千年左右的歷史，而這也正是目前所知漢字最早的歷史！因為從半坡村遺址，大家發現在當時的母系氏族社會中，豬已經開始家養，所以怪不得「家」這個字，便是「屋子裡頭有豬」了（宀的意思就是「古代的屋子」）。

漢字既然是屬於「表意文字」，字形和字義有有著密切的關係，而若談到漢字結構，大家也都知道有「指事」、「象形」、「形聲」、「會意」、「轉注」「假借」等所謂「六書」之說。總之，我們現在所使用的這些方塊字，它們會成為如今這些各個不同的模樣，背後都有一套嚴謹的系統，有它一定的道理，而我所寫的這些字的故事，當然都只是我針對四十個漢字的一種童話的聯想。

我曾經寫過一本書，《失眠的驢子——幽默的童話俗語故事》（二〇〇〇年八月 幼獅，大陸簡體字版則於二〇〇七年三月由重慶出版社出版），那是用童話的方式來對很多大家耳熟能詳的俗語進行聯想；當時我就已經有了一個想法，想再接再厲根據一些低年級小朋友常用的漢字來進行童話的聯想，可是真正開始著手卻已經是二〇〇七年了。接下來，大陸浙江少兒社把這四十個故事分成四本，於二〇〇九年元月以《管家琪識字故事》系列圖文書的形式出版。現在大家所看到的這本《管家琪說漢字故事》則是把那套圖文書的文字部分結集而成的，每一個故事後面並加上一個小單元——「漢字的聯想」，和大家分享這些故事的構思。也許小朋友在識字的過程中，不妨也多多發揮聯想，這樣在學習認字的時候一定會比較有趣，學了以後也比較不容易忘記。

希望大家都會喜歡這些從漢字來進行聯想的童話故事。

目錄

分 ㄈㄣ

星期天的傍晚，猴子媽媽正準備要出門辦事。當她正為了還沒給兩隻小猴子弄好晚餐而著急的時候，有人突然送來了一籃水果。

「哎呀，太好了！」猴子媽媽立刻轉頭對兩隻小猴子說：「來，你們倆分一分，晚餐就吃這個吧！」

說完，猴子媽媽趕緊又鑽回房間弄自己的東西去了。

「我來分！我是哥哥！」猴子哥哥以最快的速度衝到桌前，一把就搶過了那籃水果。

動作比較慢的猴子弟弟只好嘟著嘴說：「好嘛，你分就是了。」

這籃水果可真有意思，不但時間送得巧，來得剛剛好，就連裡面裝的水果也都是每一種兩個，真的就好像是專程送來給他們兄弟倆當晚餐似的。

猴子哥哥先拿起兩個蘋果：「我是哥哥，我比較大，所以我吃大的。」

接下來，是兩個柳橙：「我比較高，我吃大的。」

然後，是兩串葡萄：「我比較壯，我吃大的這一串……」

就這樣，不管是什麼水果，猴子哥哥都分走了大的。

最後，是兩根香蕉。這兩根香蕉還是一大一小，可它們一頭是連在一起的。

猴子弟弟說：「香蕉總應該是大的給我了吧？」

香蕉可是猴子弟弟最喜歡的水果呀，不過，當然也是猴子哥哥最喜歡的水果。因此，猴子哥哥居然說：「我本來是想把大的分給你的，但既然它們兩根連在一起，分不開，乾脆就統統給我吧！」

「哇！這怎麼可以！」猴子弟弟氣得哇哇大叫。

這時，猴子媽媽剛巧過來：「什麼東西分不開啊？」

「香蕉啦！」猴子弟弟嚷嚷著：「都是因為分不開，所以害我吃不到！」

「哪有這種事，」猴子媽媽拿來一把水果刀，用力一切，「這樣不就分開了嗎？」

「哈哈，太棒了！」猴子弟弟一把抓起大的那一根，高高興興地說，「那大的這一

根就是我的啦！」

別的水果分到小的都無所謂，香蕉分到大的，讓猴子弟弟真是笑得合不攏嘴；而猴子哥哥則剛好相反，別的水果分到大的（或者應該說是搶到大的）所帶來的高興，現在都被香蕉分到小的所帶來的失望給沖淡了。

【漢字的聯想】

如果把上半部的「八」想像成是一個連在一起的東西「八」（比方說是兩根一端連在一起的香蕉），只要拿一把「刀」切下去，不就「分」開了嗎？

最厲害的人

主

ㄓㄨˇ

小阿姨來家裡玩的時候，給皓皓帶了一個機器人。這個時候是下午四點多，皓皓還沒放學，小阿姨就把機器人放在皓皓的書桌上。

媽媽說：「待會兒皓皓一看到，肯定是樂壞了！」

「是啊，」小阿姨也很高興，「我也猜他會喜歡。」

放下機器人，她們就到客廳喝茶聊天去了。

機器人站在書桌上，覺得自己威風八面，非常的了不起。

他想看看附近有些什麼樣的玩具。乍一看，什麼玩具也沒看到，再看一遍，總算看到皓皓床頭有幾個絨毛玩具。

「哼，全是一些軟綿綿的傢伙！」機器人一點兒也不把那些絨毛玩具放在眼裡。

「還有沒有別的？」機器人繼續轉動著他那方方的腦袋，努力的東張西望。

「嘿，找到了！」機器人在皓皓的書架上看到了幾個小玩具，但仔細一看，都是一些可愛的卡通人物。

機器人大失所望，心想：「這還是不是男孩子的房間啊？怎麼會連一個機器人也沒有？」

他不死心，又用電光眼來回尋找……這一回，終於有了重大發現！

在角落裡有一個大大的紙箱（那是皓皓的玩具箱），經過反覆仔細的辨認，機器人確定堆在那個紙箱上層，現在剛好露出了胳膊或腿的，都是自己的同類。

「嗯，看起來都挺舊的，一定都沒有我厲害。」機器人愈想愈得意，「哈哈，我最厲害！沒人比我厲害！我是最厲害的人！不過，這也難怪，誰叫我本來就是『宇宙大魔王』嘛，哈哈哈哈！」

「宇宙大魔王」——這就是這個嶄新機器人的名字。

不過，就在他想得最得意的時候，皓皓放學回來了！

「哇！好棒的機器人！」皓皓衝到書桌前，興奮地抓起機器人又蹦又跳，跑來跑去，才一會兒工夫就把機器人弄得頭昏眼花。

唉，這個機器人不知道，其實不管他是不是魔王，或是其他的什麼王，永遠都會有一個比他更厲害的人，那就是他的主人！

【漢字的聯想】

「王」已經夠厲害了，在「王」上面再加一個「、」，就成了「主」，這豈不表示「主」（主人）才是最厲害的？

懶爸爸

必 ㄅㄧˋ

在小蒼鷺的眼裡，爸爸實在是一個很懶很懶的爸爸。

打從小蒼鷺有記憶以來，爸爸留在小蒼鷺腦海中最鮮明的印象，就是靜靜地站在水中，而且一站就是很長很長的時間，一動也不動。

小蒼鷺漸漸長大，很想嘗嘗自己捕魚的滋味。這天，小蒼鷺對爸爸說：「爸爸，教我捕魚吧！」

爸爸說：「好啊，我也正有這個想法呢。」

「那您先給我說說，捕魚都有哪些技巧？」

「你先學會如何耐心地站著吧。孩子，我覺得你什麼都好，就是不大能靜得下來，事實上只要你能耐心地站著，自然就能體會捕魚的技巧。」

「就這麼簡單？」小蒼鷺挺懷疑的。

爸爸說：「孩子，這可不簡單啊！」

小蒼鷺卻認為：「看吧，懶爸爸就是懶爸爸，一定是因為他自己太懶了，除了站，

什麼也不會，所以沒什麼可教我的——好，我就站給他看！」

第二天一大早，小蒼鷺就和爸爸一起站在水中，而且小蒼鷺從一開始就知道必須像爸爸一樣，一動也不動。

令小蒼鷺意外的是，原來他以為就那樣像隻假鳥一樣地站著沒什麼難，可是才站不了多久，他就覺得渾身發癢，站不住了。

「算了，爸爸，明天我再開始練吧。」說完，小蒼鷺就跑去和同伴們玩耍了。

等他玩了一天回來，看到爸爸仍然動也不動地站在水裡。

「喲，爸爸還真能站哩。」小蒼鷺想著。

第二天，小蒼鷺又是一早就和爸爸一起到水裡去站著。這天，比前一天有進步了，小蒼鷺站到接近中午才放棄。

就這樣過了幾天，小蒼鷺雖然一天比一天進步，站的時間一天比一天長，可是還是沒有辦法像爸爸站得那麼久。小蒼鷺頭一回覺得，原來想要像爸爸那麼懶也不簡單。

小蒼鷺仔細觀察爸爸，觀察了好久，漸漸地果然又有了新發現——只要有魚兒游到爸爸可以用長長的嘴一擊而中的地方，爸爸就會果斷地迅速出手，而只要爸爸一出手，十有八九都不會落空。

小蒼鷺終於恍然大悟：「爸爸！我知道了！原來這就是你捕魚的技巧！原來你的懶——不不不——你能夠在水裡一動也不動地站上那麼久，就是為了等啊！」

「孩子，你終於明白了。」爸爸說：「只要我們能專心、耐心地做好一件事，就一定會有回報的——不管你想學什麼，這就是你首先必須學會的一件事！」

【漢字的聯想】

一「心」一定要做的「一」件事，再把這個「一」想像成用一個斜撇來代表，不就成了「『必』須」中的「必」嗎？

免大嬸的胡蘿蔔田

囚 ㄑㄧㄡˊ

兔大嬸有一塊胡蘿蔔田。為了照顧這塊胡蘿蔔田，她不但盡心盡力，而且哪裡也不肯去。

有一次，住在不遠的野兔一家約兔大嬸一起去參加鎮上的園遊會，兔大嬸不去。兔大嬸心想：園遊會有什麼意思？還不就是吃吃喝喝，大家在一起鬧一鬧，還不如待在家裡看著我的胡蘿蔔田，否則萬一有人來偷怎麼辦？

有一次，灰兔阿姨約兔大嬸一起去旅行，兔大嬸不去。兔大嬸心想：旅行有什麼意思？還不就是換一個地方吃飯睡覺，在外頭吃的胡蘿蔔一定沒有我自家種的好吃，再說如果幾天不在家，萬一有人乘機來偷我的胡蘿蔔怎麼辦？

還有一次，黑兔一家來約兔大嬸一起去河邊看煙花，兔大嬸也不去。兔大嬸心想：看煙花有什麼意思？還不就是那麼回事，萬一有人趁黑來偷我的胡蘿蔔怎麼辦？

日子一天一天地過去，兔大嬸的胡蘿蔔田長得確實很好，而且一根胡蘿蔔也沒被偷過。大家都讚美兔大嬸。可是，有一天，兔大嬸突然語出驚人：「我恨我的胡蘿蔔

田！」

「為什麼？」大家都嚇了一跳。這可是大家做夢也想不到的事，長久以來，大家都覺得兔大嬸一直很以自己的胡蘿蔔田而感到驕傲，那塊胡蘿蔔田應該是兔大嬸最心愛的東西啊。

兔大嬸說：「都怪這塊胡蘿蔔田！害我哪裡也沒去！什麼也沒看過！什麼也沒玩過！我好恨哪！」

大家聽了，都沉默不語，深深地為兔大嬸感到惋惜。

兔大嬸雖然認為是那塊胡蘿蔔田困住了她，但真正困住她、甚至使她過著有如被囚禁日子的，真的是那塊胡蘿蔔田嗎？

【漢字的聯想】

如果把一棵樹框起來是「困」，那麼把「人」框起來就是「囚」了，只不過，樹被框起來很無辜，它並沒有選擇權呀，可是人被框起來往往都是自找的，是自己給自己設下的限制所致。

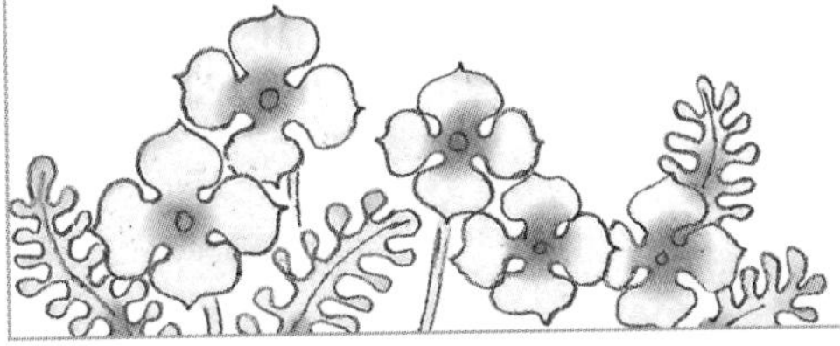

卡 ㄎㄚˇ

一個小孩安安靜靜地在玩拼圖。這是一幅風景畫的拼圖，圖畫上是一個女孩坐在一棵大樹下面看書，遠處有一層又一層的山，還看得到藍天白雲。

小孩把拼圖盒的盒蓋放在自己的正前方。一邊拼，一邊對著看。他先把帶著直線的拼圖統統挑出來，這些是整幅拼圖的框，把框先拼出來，整幅拼圖的大小就有了清楚的概念，再對照著拼圖盒蓋，就比較容易找出相對應的拼圖。

散在桌子上的拼圖們都耐心地等著，等著小孩把自己放在正確的地方。

等得時間長了，有些拼圖不免覺得有些無聊。

有一片拼圖看看旁邊的同伴，主動友善地打起招呼：「嗨，老兄，看來咱們是一塊兒的呀。」

那片拼圖回答道：「是啊，咱們都是樹枝樹葉，而且咱倆還是鄰居。」

「真的？我怎麼不知道？你又是怎麼知道的呀？」

「你大概忘記了吧。」

樹枝樹葉是最難拼的部分，因為在整幅拼圖中，這一部分的面積最大，每片拼圖看起來又都那麼的相像。

小孩慢慢地拼著。藍天白雲完成了，遠山完成了，草地完成了，看書的女孩完成了，樹幹也完成了，就剩下樹枝樹葉了。

「快了快了，快輪到咱倆了。」

「咱倆真的是鄰居嗎？奇怪，我怎麼會不記得呢？」這片拼圖還在為自己的健忘感到不可思議。

「沒關係，待會兒你就知道啦。」

桌上的拼圖已沒剩下幾片了，拼圖們一片一片都去了該去的地方。最後，只剩下那兩片鄰居。

「來了來了。」

「這怎麼拼啊？那個位置好像不夠放咱倆呀，好像還差一片呀——」

就在這片拼圖還在嘮叨的時候，小孩已經把它拿了起來，而且——竟然把它頭腳顛倒地放進去！

就這樣，最後這兩片拼圖，一個在上，一個在下，卡住了最後的空位。

它們倆果然是鄰居啊。

【漢字的聯想】

在「上」這個字中，假設那一橫（「一」）是它的「地」，在「下」這個字中，那一橫（「一」）則假設是它的「天」，如果讓這兩個字共用那一橫，把它們的「天」和「地」合而為一，可不就成了「卡」這個字嗎？

用 ㄩㄥˋ

有一天，小青蛙和媽媽一起看舊照片。

「咦，這是誰？」小青蛙指著一張照片問道。

照片上有一個他從來沒見過的奇怪的傢伙。

媽媽笑著說：「哦，這是你小時候。」

「什麼？是我小時候？這是我？」小青蛙不敢相信，瞪著大眼睛一看再看。

他覺得自己現在好看多了，也帥多了——不過，再仔細一看，咦，他覺得小時候的那條尾巴還挺可愛的。

「奇怪，我的尾巴到哪裡去了？為什麼我現在沒有尾巴？」

「傻孩子，長大以後那條尾巴就沒有用啦，自然而然就會把它甩掉了。咱們每隻青蛙都是這樣的。」媽媽說。

「可是——我還是覺得現在沒有尾巴好可惜哦。」小青蛙盯著自己小時候的照片。

特別是盯著從前的那條尾巴，真的很捨不得。

「那——我幫你去借一條尾巴回來讓你體會一下好了。」

「什麼？尾巴也可以借？」

「當然不是跟咱們自己人借，我去跟壁虎借呀！」

一碰到危險就會「斷尾求生」的壁虎，有好多條尾巴。他一聽說青蛙媽媽的要求，馬上送了一條尾巴過來，還說不需要還。

小青蛙把這條尾巴黏在屁股上，在鏡子前左看看、右看看，覺得自己有了尾巴果真是更順眼啦！

然而，還不到一天的工夫，小青蛙就已經發現媽媽講得真不錯，有了尾巴之後，不管是游泳或跳躍，都遠不如以前方便。

最後，小青蛙還是甩掉了那條尾巴——當然，不是隨便丟掉啦，畢竟壁虎送尾巴給他也是一番好意嘛。小青蛙只是把它收起來，心血來潮時才拿出來玩一玩，想像一下如果自己的尾巴還在，會是什麼樣子。

【漢字的聯想】

把「甩」字的小尾巴去掉就成了「用」；把多餘的東西去掉就只留下「有『用』」的部分啦。

安 ㄢ

表面上，王先生和林先生多年以來一直是相處得很好的好鄰居，但是私底下，王先生什麼都喜歡和林先生比。

最近，林先生因為收留了一個遠房親戚，被大家誇讚不已。大家都說林先生很不容易，真好心，甚至還計畫著要把鎮上今年「好人好事代表」的獎牌送給林先生。如果計畫真的實現了，這將是林先生這輩子所獲得的第一個正式的獎牌。

為了這個緣故，王先生真是羨慕死了，也嫉妒死了，心想：「這怎麼可以呢？我都從來還沒拿過什麼獎牌，他怎麼可以搶在我的前面拿到獎牌？」

王先生愈想愈不甘心。他決定要採取一點行動——他想把那塊獎牌搶過來！

也就是說，他得趕緊做一點好事，證明自己比林先生更有資格得到那塊「好人好事」的獎牌。

王先生想了半天，決定要做一點和林先生所做的類似的好事，可是要比林先生做得更好，更高明。

「不就是收留一個遠房親戚嗎？我也會——對了！」王先生高興地想著：「乾脆我來收留一個陌生人，一個不相干的人，這樣一定就比收留遠房親戚更了不起！」

於是，他立刻上街。一個小時以後，帶回來一個他看起來最順眼的流浪漢。

王先生對流浪漢說：「我願意收留你，給你喝給你吃，睡覺的時候你就在客廳地板上打地鋪。怎麼樣？我很好心吧！」

流浪漢不吭聲，搖搖頭，指著王先生家外頭一個用來堆放雜物的小屋子。

「喲，不肯打地鋪呀，還想單獨住一個屋子呀！」王先生不大高興。不過，轉念一想，其實自己早就想好好兒地收拾一下那個小屋子，讓它發揮更大的作用——不妨就趁這個機會收拾吧，反正又不會永遠收留這個流浪漢，等到流浪漢走了，自己不就可以用這個小屋子了嗎？

不久，小屋子收拾好了。王先生把流浪漢帶過去，「這裡以後就算是你的家了——暫時的——怎麼樣？我很好心吧！」

流浪漢還是不吭聲，東張西望半天，抬頭看看屋頂，又低頭看看水泥地，居然垂著頭，唉聲嘆氣起來。王先生注意到屋頂有幾片破瓦，心想：「難道他是怕萬一下雨會淋到雨？哼，這傢伙可真挑剔啊！」

很快地，王先生又修好了屋頂。

「怎麼樣？我很好心吧！」王先生第三次問道。

沒想到，流浪漢還是搖搖頭，皺著眉，甚至還眼淚汪汪起來！

王先生終於忍無可忍，大吼道：「這樣還不行？我都已經給你一個家了，你到底還有什麼不滿意的？」

流浪漢哭腔哭調地說：「我要媽媽呀！我媽媽在哪裡？或是給我一個老婆也行。沒有女人怎麼能讓人放心，這怎麼能算是家啊！」

【漢字的聯想】

「宀」是古代的屋子，屋子裡頭有了一個女人，想像中就會有人來照顧這個家，照顧每一個家人，不就可以讓人備感「『安』心」了嗎？

好ㄏㄠˇ

有一個小女孩，脾氣很壞，大家都叫她「凶巴巴」。

還有一個小男孩，脾氣也很糟糕，大家也叫他「凶巴巴」。

有一天，兩個凶巴巴進了同一所幼稚園，成了同學，這才發現世界上原來還有第二個「凶巴巴」。

「哇！你好壞！好討厭哦！」凶巴巴女孩常常這麼說。

「你也好壞！」凶巴巴男孩也會這麼說。不過，他可不會說凶巴巴女孩「好討厭」，因為他覺得凶巴巴女孩不凶的時候，看起來其實挺可愛的。

兩個凶巴巴經常為了一點小事而吵來吵去。而當別人說她或是他好凶的時候，他們就會指著對方，不服氣地說：「他比我更凶！」或是「我才沒她那麼凶呢！」

這天，凶巴巴女孩對凶巴巴男孩說：「大家都叫我們凶巴巴，這樣實在很不方便，乾脆我們叫作『凶巴巴一號』和『凶巴巴二號』好了，我要叫一號。」

凶巴巴男孩不滿意：「為什麼？我也想當一號。」

凶巴巴女孩瞪著他：「我比你高，你應該讓我！」

其實，她只比他高了零點五厘米。

凶巴巴男孩也回瞪著她：「可是我比你重，你應該讓我！」

其實他也只不過比她重了零點五斤。

他們爭了半天，最後凶巴巴女孩急了：「我是女生，你應該讓我呀！」

凶巴巴男孩還是不讓：「咦，又不是我自己要當男生，當男生就這麼倒楣呀！」

就在這時，放學了。凶巴巴女孩氣呼呼地說：「哼，明天再說吧！」

「好，明天再說！」

可是，第二天，凶巴巴女孩生病了，沒有來幼稚園，凶巴巴男孩好失望哦。

一連等了三天，凶巴巴女孩終於來了。圓圓的小臉好像變長了，下巴也變尖了，不過凶巴巴男孩覺得她看起來還是挺可愛的。

凶巴巴男孩跑過去，關心地問：「喂，你還好吧？」

「還好。」凶巴巴女孩笑笑。

凶巴巴男孩也跟著傻笑。

「我在想，給你當一號好了。」凶巴巴男孩說。

沒想到，凶巴巴女孩卻說：「算了，乾脆我們都不要當凶巴巴好了。」

兩個凶巴巴都不再凶巴巴以後，他們都覺得別的小朋友都更喜歡和自己在一起了，而他們倆也成了好朋友。

【漢字的聯想】

這個世界上，一半的人口是女性，一半的人口是男性，如果兩性能夠平等互愛，和諧相處，才是一個好社會；你瞧，「女」加上「子」（象徵男性，因為「兒子」是男的嘛），可不就是「好」嗎？

休 ㄒㄧㄡ

「砰！」

當最後一個小鬼衝出小偉的房間，把房門重重地帶上時，所有的玩具都大大地鬆了一口氣。他們差不多都是躺著——因為剛才幾乎都被扔在地上——現在正好都把耳朵緊緊地貼著地板，可以非常清楚地聽見那群小鬼「咚咚咚！」跑下樓的聲音。

大家都希望那群小野蠻人不要再上來了。應該是不會了。今天是小偉的生日，小偉請了好幾個朋友來家裡玩（應該說是來家裡瘋）。玩具們剛才都被整得好慘，現在小偉他們應該是下樓去吃蛋糕，然後看影碟、打電腦遊戲，應該是不會再上樓了。

「哇，恐怖時光總算過去了！」機器人阿德首先翻坐起來，並關心地對同伴說：「大家都還好吧？現在我們總算可以好好兒的休息一下了！」

「是啊，總算可以休息一下了。」阿德的一堆機器人兄弟，還有塑料士兵、動物玩偶，以及各式各樣的小汽車，大家都很高興終於可以休息了。

唉，為什麼小孩子的快樂時光總是玩具們的恐怖時光啊！

可是他們很快就發現有一個伙伴沒辦法休息。那是一個會空手道的機器人。剛才他背上的發條不斷地被反覆扭緊，搞得他的神經一直繃得很緊，以致到現在明明已經沒人再轉緊他的發條了，他的雙手仍然不由自主地拚命做著劈掌的動作。

「好累啊！——嘿殺！——怎麼辦？我停不下來——嘿殺嘿殺！——幫幫我呀！」空手道機器人好像急得快哭了。

大家也都急得要命，都想幫忙讓空手道機器人停下來。可是不管他們怎麼做，比方說用力抱住他啦、按住他的手啦，但都沒有用。直到後來還是機器人阿德想出了一個好辦法。

阿德說：「乾脆我們來說『一二三，木頭人』吧！」

這一招果然有用。玩著玩著，空手道機器人愈玩愈認真，終於慢慢恢復了正常，不再那麼莫名其妙地亂揮亂動了。

「吁，總算可以休息啦。」空手道機器人好高興啊。

朋友們也都很高興呢。

【漢字的聯想】

想像一個人（「亻」）如果能夠像一截木頭（「木」）一樣，靜止不動一段時間，不就能得到「『休』息」了嗎？

肚子痛的祕密

忘 ㄨㄤˋ

貓頭鷹先生失戀了。自從失戀以後，他的身體狀況就愈來愈不好，經常肚子痛。

這天，他的肚子又痛得要命，只得強打起精神去看狐狸醫生。

「請問您昨天夜裡有吃東西嗎？」狐狸醫生問。

「不知道，忘了。」

「那您現在餓不餓呢？」

「不餓。」

「那大概就是有吃吧。可是，我很想知道，您都吃了什麼呢？」

貓頭鷹先生努力想了半天：「不知道，想不起來。」

「那——我們只好等一下了。」狐狸醫生說。

等什麼呢？等貓頭鷹先生嘔吐。

是這樣的，因為貓頭鷹沒有牙齒，夜間捕食時，不能把田鼠之類的「食物」咬碎，所以必須先把「食物」撕碎再吞下去，偶爾他們也會將「食物」整個吞下去。總之，貓

頭鷹們往往會吞下很多無法消化的骨頭、皮毛和羽毛，因此每天都得把這些不能消化的東西吐出來一到兩次。這些嘔吐出來的東西會緊縮成一團，叫作「食繭」。

等了好長一段時間，貓頭鷹先生終於嘔吐了。狐狸先生仔細檢查貓頭鷹先生的食繭，終於有所發現。

「天啊，貓頭鷹先生！您昨天夜裡還吃了不少東西啊——兩隻田鼠三隻鳥——可是，您都是一口吞下，在吞之前一點都沒有加以處理，這樣太不容易消化啦，難怪您會肚子痛！您是從什麼時候開始這麼漫不經心地吃東西的呀？」

「不知道，大概——是從我的心死了以後吧。」說著說著，貓頭鷹先生又難過起來了。

狐狸醫生同情地拍拍貓頭鷹先生：「老兄，振作一點！會過去的。而且，我保證只要您度過了這段難熬的時光，吃東西時不再那麼漫不經心，您肚子痛的毛病也就會好了。」

【漢字的聯想】

有一句話大家都很熟悉——「哀莫大於心死」，一旦「心」死了（「亡」），整個人往往形同行屍走肉，就會發生很多漫不經心，「忘」東「忘」西的情況。

別致的禮物

沐 ㄇㄨˋ

這天，吉娃娃來到山羊大叔的木桶店。山羊大叔有事出去了，店員小狐狸一個人看店。

吉娃娃說：「我有一個好朋友，最近迷上了泡熱水澡，隔三差五的就約我一起出去泡熱水澡。最近他的生日快到了，我想訂做一個木桶送給他，讓他以後天天都可以在家泡熱水澡。我聽說用木桶泡澡是最舒服的了。」

「是啊是啊，」小狐狸說：「咱們這家木桶店可是歷史悠久呢，我們的產品全靠口碑，我們可從來不做廣告的。」

「聽說你們的木桶都是手工做的？」

「那當然！這是我們老闆家傳的手藝，是他爸爸的爸爸的爸爸一直傳下來的。製作一個木桶可是很花時間的。」

吉娃娃在店裡來來回回看了半天，頻頻讚賞道：「嗯，手工做的東西就是不一樣！」

小狐狸對每一個木桶都作了詳細的介紹。不同尺寸不同大小的木桶有不同的用途。當然店裡最多的還是泡澡用的木桶。

最後，吉娃娃訂了一個最理想的木桶。

「做出來一定要跟這件樣品一樣棒噢。」吉娃娃交代著。

「那當然，那當然！」小狐狸再三保證。

這天晚上，山羊大叔回來的時候，小狐狸已經下班回家了。山羊大叔翻閱訂貨記錄，看到了吉娃娃的訂貨單，可是這是一張不完整的訂貨單——居然沒有記載木桶的大小！

「唉，這個傢伙啊，怎麼老毛病又犯啦！」山羊大叔埋怨著小狐狸。

小狐狸是山羊大叔用過的口才最好的店員，既能介紹產品，又能陪顧客聊天，很得顧客的喜愛，就是做事有點兒馬馬虎虎，丟三落四。像訂貨單記載不完整這樣的事已經不是第一次發生了。

不過，山羊大叔認為這張訂貨單還算是很容易補救，因為至少知道顧客是誰，也知道用途是什麼。山羊大叔憑著經驗也能估計出一隻吉娃娃泡澡用的木桶該有多大。

所以，山羊大叔馬上就從現有的木桶中，挑了一個適合吉娃娃的比較小的木桶，按照訂貨單上的地址送了過去。

山羊大叔萬萬沒有想到，那個地址並不是吉娃娃的家，吉娃娃訂那個木桶更不是為了要自己泡澡用，而是為了讓好朋友方便在家泡澡用的，而吉娃娃的好朋友竟然是一隻聖伯納犬哪！

於是，吉娃娃很快就接到了聖伯納犬的電話。

聖伯納犬說：「嗨，你送我的禮物我已經收到啦，真別致！不過我真的也很好奇，你怎麼會好端端送我一個飯桶呢？」

【漢字的聯想】

聽說用木桶（「木」）來泡熱水澡（「氵」）是莫大的享受哪！

金 ㄐㄧㄣ

小象花花想參加一項繪畫比賽。對於作品，她已經有了具體構思，只差一種重要的材料。

於是，她打電話去山貓大嬸的美術用品店。

電話是小山貓接的，他說：「媽媽不在家，請問你有什麼事嗎？」

「我想訂金色的顏料。」小象花花說。

她想畫一幅抽象畫，名字叫作「金色人生」。

「金色的顏料，好的，我記下了。」

「那我待會兒就過來拿，可以嗎？」

「可以的，沒問題。」

過了一會兒，小象花花出門準備去拿金色的塗料。途中經過一家報刊亭，看到一本新出版的美術雜誌，就順便買下。可是才隨手翻了幾頁，小象花花就呆住了。

她看到了一幅抽象畫，是一位很有名的大畫家的新作，作品只有一個顏色，就是金

色！和花花的構想幾乎一樣！

再一看題目，花花更是要昏倒！天啊，怎麼那麼巧，也叫作「金色人生」哪！

這大概就叫作「英雄所見略同」吧！

怎麼辦？如果還想要參加繪畫比賽，很顯然花花勢必要放棄自己原先的構想了！

唉，花花這才明白，再好的點子如果只停留在腦袋裡是沒用的，應該盡早落實啊！就像想畫一幅「金色人生」的想法，其實早就在她的腦海裡存在多時，可就是沒畫出來，現在即使畫了也只能自己欣賞，不能再拿出去讓別人欣賞了，否則別人一定會以為她是抄襲的呢！

花花就這樣懷著非常懊惱的心情前往山貓大嬸的美術用品店。花花現在還要面對一個難題，她已經訂購的金色顏料該怎麼辦呢？能不能退呢？

山貓大嬸一看到花花，立刻笑咪咪地說：「我才剛剛整理好呢！你來得可真巧。」

花花看著堆在桌子上的那麼多小小的顏料罐，嚇了一大跳，愣愣地問：「這都是我的？」

「是啊，你不是要全部的顏料嗎？我把每一種顏色的顏料都給你分裝成一小罐，因為我想既然你要全部的顏料，就不可能每一種顏料要太多。你看看這樣夠不夠？有沒有哪一種顏料想要多一點？」

花花湊上去看了一看電話機旁的記事本，總算明白是怎麼回事了——原來，小山貓的「金」字忘記寫上兩點，變成了「全」啦！

山貓大嬸繼續說：「從來沒有人這樣買過顏料。說真的，要分裝這麼多小罐罐，還挺麻煩的呢。不過沒有關係，我不會額外多收你什麼費用的，放心放心。」

花花一方面很感謝山貓大嬸這麼費心，另一方面也就在這個時候，花花產生了一個新的想法——既然她現在幾乎擁有了全部的顏料，那就全部用上吧！畫的題目不妨就改成「彩色人生」！

後來，「彩色人生」在繪畫比賽中還取得了不錯的成績呢。

【漢字的聯想】

有不少活像「差不多先生」的小朋友，在寫字的時候總覺得少了一兩點、或一兩撇沒什麼關係，差不多就可以了，實際上可不是這麼回事，比方說，「金」這個字，如果少了兩點，可就變成另外一個字「全」了。

明 ㄇㄧㄥˊ

三更半夜，一個作家痛苦地爬到書桌前打算熬夜趕稿。

枯坐了一個小時，他一個字也沒寫出來。

作家回到臥室，掀開被子一看——喲，原來他的腦子還偷偷躲在被窩裡睡大覺哪！

作家大罵道：「都什麼時候了，你還睡！」

「為什麼不睡？被窩舒服著呢！你快去工作，讓我繼續睡嘛。」

「可是你不來我怎麼工作啊？」

「真討厭，什麼都要指望我。」腦子一邊埋怨著，一邊心不甘、情不願的也起床了。

作家在書桌前又坐了好一會兒。

「喂！快想呀！你有沒有在想啊？」作家問自己的腦子。

「有啊有啊。」腦子含含糊糊地說。

「想快一點呀，怎麼要想那麼久！都什麼時候了，人家馬上就要來拿稿啦！」作家

急死了。

因為作家老是賴皮說自己的電腦故障，所以出版社的編輯忍無可忍，說一大早要過來看看。

「你別催我嘛，愈催我愈想不出來……」其實腦子也很著急。

他們又一起枯坐——實際上也是奮鬥了將近一個小時，終於有那麼一點點想法了，可偏偏就在這個時候——停電了！

「哇呀！」作家立刻扯著自己的頭髮大叫，「怎麼辦！這下死定了！」

有一個小天使，很同情作家，趕緊現身安慰他：「別擔心，我來幫你想辦法！」

小天使為作家借來了月光：「這樣可以嗎？」

作家說：「好像還有一點暗，不好意思，我的近視很深哪！」

「那我把日光也借來吧！」說著，小天使又借來了日光，「這樣夠亮了吧！」

日光加上月光，室內果然大放光明！

「夠了夠了，謝謝你！」作家已經準備好要寫一個很棒的故事了。

不幸的是，大放光明之後，驚醒了住在不遠處的編輯。他還以為已經是大白天了，甚至誤以為自己遲到了，於是立刻匆匆忙忙地過來敲門準備要收稿啦！

【漢字的聯想】

「明」這個字有很多種不同的意思，「光亮」是其中之一，那麼，什麼樣的光是最亮的呢？大概就是「日」光再加「月」光吧。

小白鴿的志願

信 ㄒㄧㄣˋ

森林小學每年暑假都會舉辦一次夏令營，地點是在一個美麗的湖邊。由於那個湖邊有點兒遠，從森林小學出發的話要翻越兩個山頭，所以向來只有大一點兒的孩子才能參加。

自從一進入森林小學，一知道每年暑假都會有夏令營開始，小白鴿就一直巴望著能夠參加。終於，這年暑假，小白鴿能參加夏令營了，她好高興呀！

師生們分成「空中組」和「陸地組」兩隊人馬，出發的日期不同。空中組在交通所花的時間要少得多，所以當然是比較晚出發。

空中組的帶隊老師是大雁。當小白鴿和同學們隨著大雁老師一路高高興興地飛抵湖邊，才剛剛放下行李，還來不及認識環境呢，陸地組的帶隊老師梅花鹿就已經急急忙忙地衝過來，告訴大家一個要命的突發狀況——小松鼠突然肚子疼得厲害，得趕快送回去！

「小松鼠現在怎麼樣了？」空中組的同學們都很關心小松鼠的情況，尤其是小白

鴿，因為小松鼠可是他的好朋友啊。

小白鴿不僅火速趕到小松鼠的身邊，探望小松鼠，而且稍後當他聽到梅花鹿老師和大雁老師正在討論要趕快組成一個空中救援小組，護送小松鼠回去時，小白鴿也馬上就參加了。

其實大雁老師本來就打算要小白鴿參加空中救援小組，因為他自己還得留下來照顧其他的學生，不能離開，而空中組的學生裡面就數小白鴿的方向感最好，大雁老師認為只要有小白鴿在，空中救援小組就不會迷航。

就在大夥兒以最快速度進行準備工作的時候，小白兔跑來對小白鴿說：「你這趟回去，可不可以順便幫我提醒一下我媽媽，我訂的故事書應該快到了，請她幫忙留意一下？」

「可以，沒問題。」小白鴿說。

不久，小田鼠也來對小白鴿說：「你能不能幫我告訴我媽媽，我愛吃的那家糕餅店明天會打折，請她幫我多買一點。」

然後是小牛蛙，他睜著大眼睛，眼淚汪汪地說：「你能不能幫我去告訴我媽媽，我很想她？」

小夜鶯聽到了，立刻飛過來對小白鴿說：「請你也幫忙告訴我媽媽，我也好想她。」

「什麼？」小白鴿簡直要昏倒，看著小夜鶯說，「我們不是才剛到？人家陸地組至少是到了三天了！」

「我不管，我就是想媽媽嘛！」小夜鶯一副很委屈的樣子，「你最好再幫忙帶一卷我媽媽唱的搖籃曲的錄音帶回來，否則我怕這幾天晚上我會睡不著。」

「既然這樣，你為什麼不早帶啊？」

「我忘了嘛。」

這麼一來，小白鴿就覺得有點兒不知道該怎麼辦了。雖然他的方向感很好，可是記

性卻不怎麼樣呀，這麼多人要他帶話，他實在是記不住。

「對了，這樣吧！」小白鴿想了一會兒，很快就想出一個好辦法。他對包圍著自己的這些同學說：「乾脆你們把剛才說的話統統寫下來，我再替你們送去就是了。」

於是，大家紛紛把要帶的話寫下來，並注明地址等等。譬如「森林北角第五棵槐樹上的夜鶯女士收」；這一份一份寫下來的東西，就叫作「信」。

小白鴿把每一封信都安全送達。也就是從那次的夏令營以後，小白鴿就立志長大以後一定要當一個很棒的郵遞員。

【漢字的聯想】

「言」有一個意思、或者說有一個用法，是「說的話」，比方說「有言在先」，那麼，一個人（亻）把他想說的話（「言」）寫下來，不就成了「信」嗎？

思 ㄙ

小松呆呆地向前走著。四周的景色非常單調，放眼望去全是雜草，除了雜草就再也沒有別的了。這些雜草都長得很高，差不多都到小松的胸部那麼高了。

小松在雜草堆裡轉來轉去，完全分不清東南西北。

「奇怪，這是哪裡呀？我怎麼會在這裡的？我不是正在打電腦遊戲嗎？……」

小松接著又想：我好像已經打了很久的電腦遊戲了？今天是幾號？星期幾？我怎麼都想不起來了？奇怪，我怎麼打電腦遊戲打著打著會打到這裡來？……

小松有一肚子的疑問，可是，誰來告訴他呢？……

忽然，他看到在前面遠遠的地方好像有一個人。

「喂！」小松朝那人大聲打著招呼，然後一路撥開雜草拚命朝那人走去。

等到走近了，小松才看清楚那個人原來是一位老先生。老先生看起來好像很難過，也很泄氣，垂著頭不斷地唉聲嘆氣。

「老先生，你怎麼了？」

「唉，我輸了。」

「輸了？你跟誰在打賭啊？」

「跟朋友啊！他們說我腦袋空空，我不信。可是我找來找去，除了這些雜草，真的什麼也找不到，就算不是『空』，好像也差不多了……」

「什麼意思啊？腦袋？雜草……」小松一點也不明白老先生在說什麼。

老先生還在自顧自地說：「古人都說心才是思想的器官，我是不是應該到心田那裡去找一找呢？也許那裡會長滿有用的東西，不會只是雜草！……對了，我應該去心田那裡看一看……」

老先生說著說著，開始轉身離去。

一眨眼，老先生就不見了。

「怎麼辦？又是我一個人了！這裡到底是哪裡啊？我要怎麼樣才能離開這裡啊？……」

小松急得要命……

忽然，他醒了。

是哥哥把他叫醒的。

「哎！你到底打了多久啊？打電腦遊戲會打到趴在桌子上睡著，你也太誇張了吧！就算是假日也不可以這樣啊！電腦遊戲打多了小心腦袋會長草，知不知道？」

「腦袋裡長草？」小松呆呆地重複著，想像著那會是一種什麼樣的景象……

【漢字的聯想】

古人確實是認為「心」是負責思想的器官，所以，在《聊齋誌異》中，書生朱爾旦是因為心竅堵塞才寫不出好文章；在《水滸傳》「武松殺嫂」的情節中，武松也是把嫂嫂潘金蓮的心給挖出來，用來祭奠哥哥武大郎；還有說誰是「好心」、誰是「壞心」、誰是「黑心」等等，在在都顯示出古人是如何地看重「心」。唯有好好地用道德教化、用知識來灌溉我們的「心」「田」，我們才會成為一個有「思」想、有道德的正人君子。

想化裝成小草的植物

花 ㄏㄨㄚ

傳說在很久很久以前，世界上只有小草。大地一眼望過去，除了黃色的土地，幾乎全是綠色。

儘管這些小草們的模樣不盡相同，身上的綠色也有深淺不同的層次，但不管怎麼說，大家都是小草，也都是綠色的。

有一天，在一個不起眼的角落，冒出了一株新的植物。

自從這株植物從泥土裡冒出來，很快就發現到自己和周圍的小草們不大一樣；不僅是模樣不一樣，顏色也不一樣，她不像別的小草那樣全身上都是綠色。

「我怎麼會長得這麼奇怪，這麼難看啊？」這株新植物感到非常的害怕和難過。她真想縮回土裡去，但那當然是不可能的。於是，她又拚命壓低身子，希望大家不會注意到自己，可是這也不可能，她還是無法控制的一天一天在長高長大。

沒過多久，周圍的小草們都發現了她。

小草們開始互相小聲地討論起來。

「咦，她怎麼長得那麼奇怪啊？」

「怎麼和我們那麼不同啊？……」

大家一邊說，一邊都帶著好奇的眼光密切注視著這株新植物。

新植物都快哭了，心裡難過得不得了。

「我也不知道自己為什麼會長成這個樣子？我也不願意啊……唉，如果我能長得像他們那樣就好了，至少只要不再愈長愈怪就好了！」

然而，她還是愈長愈「怪」，而且身上那種奇怪的顏色也愈來愈深。

「有沒有什麼辦法可以讓我變得比較像他們呢？有沒有什麼化裝的技巧呢？天啊，誰來幫幫我啊！」這株新植物傷心得不得了。就在她不知道該怎麼辦的時候，這一天，她非常意外地聽到了來自四面八方的讚美。

「你們看，她好漂亮噢！」

「是啊，真漂亮！」

這株新植物發現小草們都正看著自己，嚇了一跳。

「請問——你們是在說我嗎？」她簡直不敢相信。

小草們異口同聲地說：「當然是說你呀，你多漂亮啊！」

「那——我不用化裝了？」

「化什麼裝呀，你現在這樣就已經很漂亮了呀！」

後來，這株曾經很想化裝成小草的紅色的植物，就被大家稱為「花」。

【漢字的聯想】

「排斥異己」似乎是一種普遍的現象（當然，我們應該靠寬容的心來克服），所以一隻天鵝若孤零零地置身於群鴨之中，鴨子恐怕不一定會覺得牠漂亮；一般人若置身在長頸族之中，恐怕也會被視為醜八怪；如果在小草中出現了一朵花，萬綠叢中一點紅，這朵小「花」一開始會不會也想「化」裝成小草「（艸）」，使自己看起來不像是異類呢？

馬克杯的誕生

洽 ㄑㄧㄚˋ

小芬做了一塊長長的陶板，再把陶板的兩頭接起來，加上一個底座，做成了杯子。陶藝老師過來看了一看，誇獎小芬做得不錯。老師隨即也建議小芬，不妨給杯子再加上一個「耳朵」。

老師說：「你不是怕燙嗎？如果有了『耳朵』，杯子就會比較好拿，就不會燙手了。」

桌子上剛好就有一個馬克杯，那是老師經常用來泡咖啡的。小芬看看那個馬克杯，決定接受老師的建議，替自己剛做好的杯子再加一個「耳朵」，就像馬克杯那樣。

於是，小芬又搓了一條土條，和剛才做成杯身的那個陶板相比，這回的土條顯得是那麼的小，那麼的秀氣。

土條剛搓好，有小朋友叫小芬過去，小芬把土條暫時放在桌上，自個兒就跑掉了。

桌子上的杯身和土條，你看看我，我看看你，都覺得很奇怪。

他們還不約而同一起看看同樣被放在桌子上的那個馬克杯，感覺更奇怪、更不可思

議了。

杯身首先忍不住說：「我的耳朵怎麼會是這個樣子？」

土條也說：「我這麼長，我和這個傢伙怎麼能合得來呀！」

這時，馬克杯說話了。他微笑著對杯身和土條說：「別擔心，你們倆一定合得來的。」

果然，過了一會兒，小芬回來了。她抓著土條的一頭，沾了一點水，黏住杯身，再把土條彎曲，然後把另一頭也沾了一點水，也黏住杯身。這麼一來，在水分的幫忙下，剛才還是呈直線狀的土條就和杯身合在一起啦！他們從此就成了馬克杯，再也分不開了。

【漢字的聯想】

若是已經乾透的陶板和土條，無論如何是合不起來的，但是只要加一點水分（「氵」）就能「合」了。人與人之間，往往也需要加一點類似水分的潤滑劑，也許是共同的愛好、彼此相投的性格等等，才能合得來，才會相處得和諧愉快，因為「洽」這個字有一個很重要的意思就是「和諧」啊。

難以解釋的祝福語

洪ㄏㄨㄥˊ

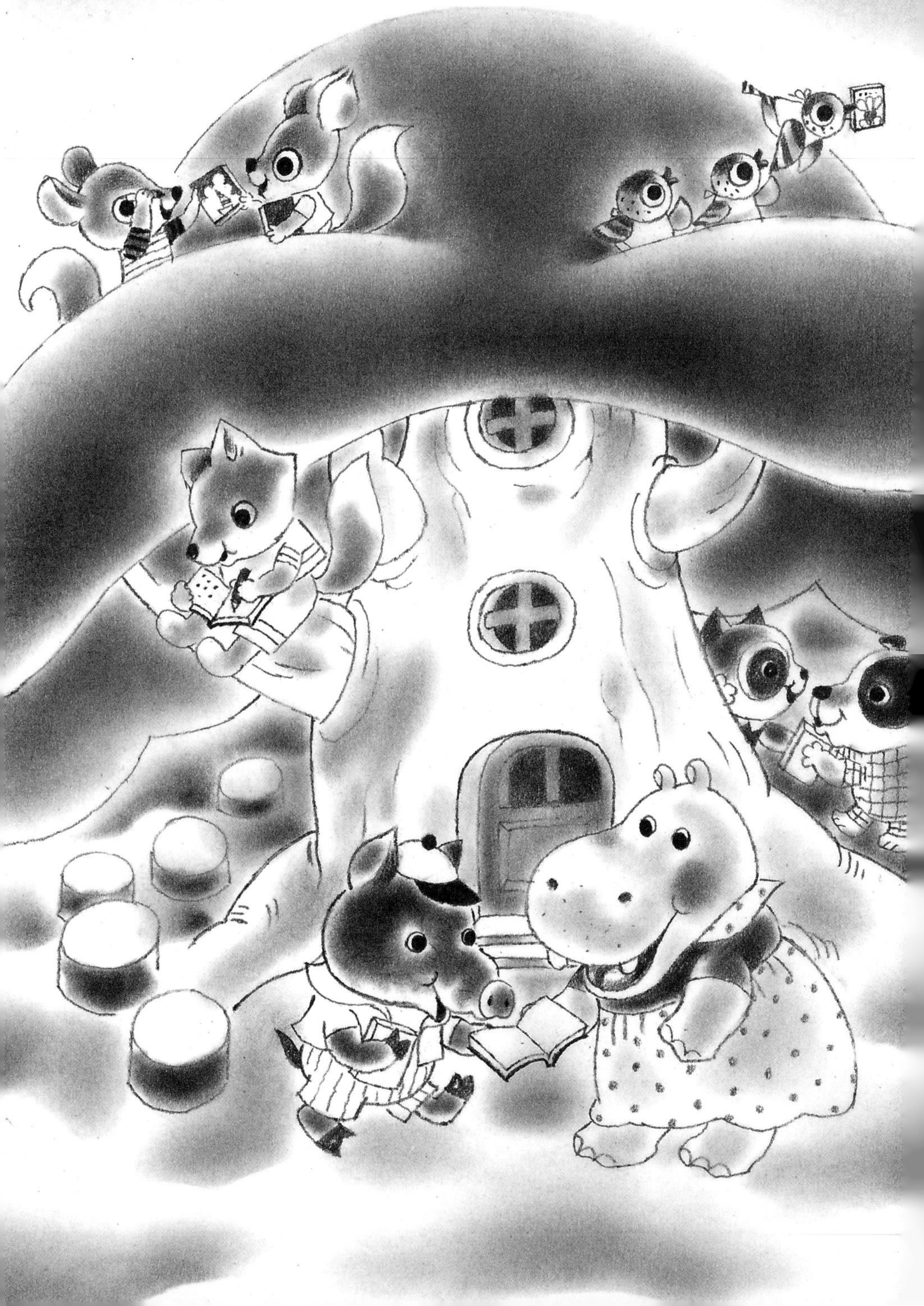

又到了畢業季節，最近森林小學裡非常流行寫畢業紀念冊。

這天，小野豬對小河馬說：「同學，咱們也來寫紀念冊吧！」

「好啊，只是我可能會寫得比較慢哦。」

「沒關係，來，我先寫。」

小野豬一把就將小河馬的紀念冊搶過來，大筆一揮，寫下幾個大大的字：「祝福你——前途如鍋底！」

「前途如鍋底——這是什麼意思啊？」小河馬一臉茫然。

「哈哈，你慢慢去想吧！來，該你了。」小野豬把自己的紀念冊遞給小河馬。

小河馬歪著大腦袋，認認真真地想了很久。

「喂！快點呀！」小野豬催促道。

「我說過我可能會寫得比較慢的嘛。」

「那就明天再寫吧。」小野豬性急地把自己的紀念冊拿回來並且合了起來。

「好的。」小河馬不以為意，慢條斯理地說，「那我就回去好好兒想一想，包括你送給我的祝福語，我也會好好兒想一想的。」

「你慢慢想吧，嘿嘿。」小野豬在心裡偷笑道。

第二天，小河馬一早就跑來對小野豬說：「我想到了，把你的紀念冊給我吧。」

小河馬把紀念冊拿過來，提起筆，認認真真地寫下：「祝福你——洪——」

小河馬才寫下「洪」這個字，小野豬就叫起來：「哇！你幹麼要罵我呀！」

小河馬嚇得立刻停住筆，愣愣地問：「我幹麼要罵你呀！」

「可是，『洪』這個字不是一個好字呀！」小野豬振振有詞道：「你看，一條河、兩條河、三條河合起來一起發大水，這不就是『洪水』嗎？你寫『洪』這個字，準沒好話，準是要罵我！」

「才不是呢！」小河馬十分委屈道，「我是想寫『祝福你洪福齊天』呀！」

「哦，原來如此，那你寫吧。」小野豬發現自己錯怪了小河馬，挺不好意思的。

小河馬認認真真地寫完了。隨即又很認真地問道：「對了，你還是告訴我『前途如鍋底』是什麼意思吧？我想了一晚上都想不出來！」

這下小野豬非常為難，真不知道該怎麼辦……看小河馬那麼天真無邪的樣子，叫他該怎麼開口說，「前途如鍋底」是「前途無亮」的意思，因為鍋底不都是黑色的嗎？……唉，這句話哪裡是「祝福」，簡直就是「詛咒」呀！

【漢字的聯想】

「共」這個字有「合」（譬如「總共」）和「在一處」（譬如「朝夕與共」）的意思，那麼，一條水、兩條水、三條水（「氵」）合在一處，當然就是大「洪」水啦。

「洪」也有單純的只是「大」的意思，因此「洪水」是「大水」，「洪福」

則就是「很大很大的福氣」啦。

可以一起做很多事的人

哥

ㄍㄜ

在一個大大的嬰兒室裡，一個小寶寶望著天花板，一個人在想事情。

「好無聊哦。」小寶寶想著，「要是有人可以陪我玩就好了。」

之所以無聊，是因為他還太小，才剛出生沒多久呢，別說爬不起來、坐不起來，就連想要翻個身都辦不到。除非是睡大覺，否則他就只能呆呆地看著上面，也就是天花板，而天花板又實在沒有什麼可看的。

「奇怪，這個地方怎麼那麼吵？」小寶寶想著。

這裡確實吵，一大堆小寶寶都在大聲啼哭哪！

「如果有人可以幫我叫他們安靜就好了。」小寶寶想。

想呀想呀，愈想愈多：「以後等我玩玩具的時候，要是有人可以陪我玩就好了……等我會吃點心的時候，要是有人和我一起吃就好了，就算有時候和我一起搶點心也不要緊，那樣點心吃起來一定更香……等我會看動畫片的時候，要是有人和我一起看就好了，那樣的話動畫片一定會更好看……」

小寶寶愈想就愈希望真的能有那麼一個人！

突然，一張帶著笑容的臉孔出現在他的面前——是值班護士。

護士笑咪咪地說：「吃奶的時間到嘍。」

護士把小寶寶抱起來，朝另外一排小床走過去：「來，和你哥哥一起吃吧。」

哥哥？哥哥是什麼東西呀？小寶寶不明白。

很快地，兩個護士各抱一個小寶寶坐在一起開始餵奶，一邊餵一邊還輕聲聊起天來。

其中一個護士說：「生雙胞胎實在好棒哦！這樣兩個孩子一起成長，都不會孤單。」

另一個護士說：「是啊，他們可以一起玩玩具，一起做遊戲，一起看動畫片，一起吃點心……他們可以一起做很多很多事。」

哦，原來這就是哥哥呀！小寶寶懂了，原來哥哥就是可以和他一起做很多事的那個人啊！

【漢字的聯想】

我有兩個寶貝兒子，我從很早很早以前就發現，對小兒子來說，在這個世界上對他最重要的人不是爸爸，也不是媽媽，而是哥哥，因為哥哥就是「可」以和他一起做很多事的人，你看，兩個「『可』以」疊在一起不就成了「哥」這個字嗎？

一個化腐朽為神奇的故事

財 ㄘㄞˊ

在很久很久以前，住在海邊的人就很喜歡吃貝類，可是吃完之後所產生的大量垃圾實在是教人頭疼，沒人知道該怎麼處理，只得任由它們就這樣堆積著。

有一個人，每天都要經過這些垃圾堆好多次，老要聞那些很不好聞的味道，實在很難受。有一天，他忍無可忍了。

「我一定要想想辦法不可！」這個人暗暗下定了決心。

首先，他把那些貝殼一個一個地洗乾淨。

看到有人居然在清洗垃圾，大家都覺得很驚奇，紛紛圍了過來。

「喂！你在幹麼呀！何必要清洗垃圾呢？」大家不約而同地問道。

這人回答：「老實說我也不知道，不過——我打算先洗乾淨再說，至少就不會那麼難聞了。」

大家圍觀了一會兒，覺得沒什麼意思，說了幾句「神經」之外，也就慢慢散去了。

那個人還是一個一個地洗著貝殼。等到把附近幾個垃圾堆都洗乾淨之後，不但難聞

的味道消失了，而且那人還驚訝地發現，這些曾經是垃圾的東西看起來也不再像是垃圾了！

他仔細地看著，覺得這些貝殼都挺好看。

「應該會有用的。」他想著。

不過，究竟可以拿來做什麼呢？他還是不清楚，只得拚命地動腦筋，拚命地想……

一連想了好幾天，他終於有想法了！

「如果我把適合的貝殼加工一下，就可以拿來做紐扣；如果我把不同種類、不同花紋的貝殼加以組合，就可以拿來做裝飾品……」

多年以後，這個人成立了一家貝殼工藝品公司。他的公司所生產的貝殼、貝殼鑲嵌家具以及各式各樣的貝殼飾品，都大受歡迎。他成了一個相當富有的人。

後來，別人在談到他的故事時，總會說：「哦，難怪他會做這樣的生意，因為他住在海邊嘛，海邊的貝殼那麼多。他的運氣真好啊！」

實際上，這些人忽略了，在他把貝殼加以運用之前，貝殼可是一直被視為「垃圾」！

只有多動腦筋，有點子，又有執行能力的人，才能創造財富啊。

【漢字的聯想】

古時候確實是用貝殼做貨幣，所以就把貨幣叫作「貝」。因此，可想而知，要有很多「貝」，「才」是有錢人，才算有「財」。「財」這個字最常用的意思就是「錢幣貨物的總稱」，譬如「財產」。

不過，「財」這個字還有一個意思，就是「才」的意思，和「才」這個字是通用的，譬如《孟子》有「有達財者」的用法，在這裡的「財」就是「才」的意思。

「財」和「才」這兩個字原來可以相通，應該能給我們一點啟示——唯有多動腦筋、有能力的人「才」可能創造財富（「貝」），因為「才」這個字的一個重要意思就是「能力」，譬如「多才多藝」、「才幹」等等。

哭 ㄎㄨ

狗先生來到一家整形外科診所。醫生親切地接待了他。

「有什麼需要我為你服務的嗎？」醫生問道；他沒看出這位狗先生的外表有什麼不對勁的地方。

「是這樣——」

「啊？你說什麼？」醫生朝狗先生湊近了一點。

狗先生嘆了一口氣：「你看，這就是我來找你幫忙的原因——我想參加一個歌唱比賽，我對自己的演唱技巧有信心，可是對音量沒信心，不管我唱歌還是講話，別人總是一直跟我說：『麻煩你大聲一點！』」

「那——我能為你做些什麼呢？」醫生還是猜不透狗先生究竟想做什麼？

「我——我想請你幫我多做一張嘴巴！」

「什麼？」醫生一時沒聽清楚。

等到狗先生又說了兩遍，醫生終於聽清楚了，嚇了一大跳，連連說：「這怎麼可能

啊！哪有這樣的事啊！」

狗先生很不服氣：「為什麼不可能？人家牛都可以有四個胃，為什麼我就不可以有兩張嘴巴？如果我有兩張嘴巴，我的聲音一定就夠大了！」

他連要把第二張嘴巴放在哪裡都想好了。

「你看，」狗先生撩起自己長長的耳朵，「我想就開在耳朵下面，右耳或左耳都可以，這樣耳朵垂下來的時候，別人也不會發現。」

「這太離譜了！我不會做，請你另請高明吧！」醫生還是堅決拒絕了狗先生。

過了一段時間，醫生無意中從電視轉播的一場歌唱比賽中看到了狗先生。

狗先生的音量比醫生印象中要大很多，以至於醫生都不禁懷疑狗先生是不是真的去找了什麼不負責任的整形醫生，做了那個異想天開的手術，還是單純的只是因為麥克風的效果太好了？

不過，醫生仔細聽了一會兒就發現狗先生根本抓錯了重點——狗先生的問題哪裡是出在音量上呀，而是技巧實在太差了！因此，就算他有兩張嘴巴，就算他能把音量放大兩倍，唱出來的聲音也很難聽，那簡直不能稱為是唱歌，而是跟哭差不多！

【漢字的聯想】

在字典上，「哭」的意思是「心裡悲傷而出聲流淚」，想像中如果一隻狗（「犬」）有兩張嘴「吅」），牠恐怕是要「心裡悲傷而出聲流淚」了，又或者牠叫起來的聲音就會跟哭差不多了。

倒立行走的人

倒 ㄉㄠˋ

有一個人，從小時候一學會站開始，就很喜歡倒立。後來，當別的小寶寶都開始會走路了，這個人也就開始倒立行走。

漸漸地，他一天一天的長大，倒立行走的習慣卻一直沒有改變。

不管到哪裡，他都是倒著「走」過去。

對他來說，最重要的東西是耐磨耐用的手套，因為這相當於他的「鞋子」。

除了沒有辦法「小跑」，他很喜歡倒立行走。至少在倒立行走的時候，他可以欣賞與平時完全不同的風景。

有一天，他在「散步」的時候，不幸遇到了車禍。雖然撿回了一條命，但他身受重傷，在醫院躺了好長一段時間。後來，他總算痊癒出院了，卻失去了部分的記憶——他忘記了自己曾經是一個喜歡倒立行走的人。

他的家人為此都非常高興。他們早就受不了他老喜歡倒立行走的怪習慣了。可是要他改，他總是不肯。現在這樣倒好，正好可以徹底改掉他的怪習慣了。

於是家人小心的藏起了所有過去的照片，那些照片經常會有他倒立行走的模樣。大家都希望他從此能和一般人一樣，用正常的方式行走。

出院之後，這個人最初還沒怎麼察覺不對勁兒，可是慢慢地，他總有一種很奇怪的感覺。

「我怎麼老覺得這個世界是倒著的呀？」他常常會這麼想，可是又不明白自己怎麼會有這種莫名其妙的念頭。

他走路也走得不大好，那麼大一個人了，走路還經常會摔跤。

他實在不懂自己到底是怎麼了，而他的家人儘管可以猜出原因，但大家都忍著憋著不去談這方面的問題。

他只好獨自苦苦思索……

直到有一天，他去看了一場表演，看到一個雜技演員在舞台上倒立行走，忽然產生一種強烈的熟悉感。

「這個我也會！」說完，他就忍不住衝上台，然後和那個演員一樣熟練的倒立行走。

一切又都恢復正常了！

從那一天開始，他又成了一個喜歡倒立行走的人，不管到哪裡，他都喜歡倒著「走」過去。

【漢字的聯想】

如果真有這麼一個人（「亻」），這麼喜歡頭下腳上的走路，別人恐怕都會奇怪這個人「到」底是怎麼回事吧。

苗 ㄇㄧㄠˊ

幾乎所有的熊都會抓魚，仔仔偏偏就不會。

也不知道為什麼，仔仔並不特別胖，平時也不覺得自己的身手特別遲鈍，卻偏偏老是抓不到魚，總是一不小心就栽進了河裡。

於是，仔仔想到一個主意：「既然抓不到魚，那我就乾脆來養魚吧。」

他找到一個河塘，向山羊大叔訂購一批魚。山羊大叔給他一個水盆，盆裡有一大堆小東西在擠來擠去。

仔仔湊上去仔細一看，大吃一驚。原來這些小東西一條條都很有魚的樣子，可是實在——實在太小了！

「這是什麼呀？」仔仔愣愣地問。

山羊大叔說：「這些是魚苗呀！」

「魚苗？能吃嗎？」

「養大了就能吃啦，自己養的魚更好、更衛生。」

仔仔乖乖地把這盆魚苗帶回家，養在水塘裡，並且按照山羊大叔教給他的辦法，細心的照顧這些魚苗。

看著這些在水中游起來很有勁的魚苗，仔仔的心裡有一種暖暖的感覺。

「這些魚苗，好可愛啊！」仔仔打心底裡這麼想。

他還想起曾經在田裡看到過那些小小嫩嫩的青苗，和剛剛種下去的樹苗……咦，這些叫作「苗」的東西怎麼都那麼可愛啊！而且，都會讓人對未來產生美好的想像……

仔仔把這些魚苗照顧得很好。

魚苗——不，現在應該叫作小魚了，逐漸長成了健康的大魚。

有一天，山羊大叔來探望仔仔，「哇！你的魚養得很不錯耶！養得這麼胖、這麼大，可以撈起來吃了。」

「吃？」仔仔一本正經地說：「開玩笑！它們都是我的朋友哪，我怎麼忍心吃我的朋友？」

原來，仔仔已經開始吃素啦，他再也不吃魚了！

【漢字的聯想】

一片田地（「田」）冒出一點小草（「卄」），可不就是「苗」了嗎？

胖 ㄆㄤˋ

有一個女孩，老覺得自己很胖，儘管周圍的親朋好友全都真心真意的認為她很苗條，也讚美她很苗條，但她還是堅持說自己太胖，總希望自己能再瘦些。

要怎麼樣才能再瘦一些呢？女孩覺得運動太累，就拚命少吃，再加上——胡亂祈禱！

她幾乎向每一個神祈禱，祈禱的內容也是千奇百怪，比方說——

「我希望瘦得像根豆芽菜！」

「我希望瘦得像根牙籤！」

這是因為女孩家附近有一個小鄰居，挑食得很厲害，成天這個不吃那個也不吃，弄得一副發育不良的樣子，大家都常開玩笑說那個孩子「瘦得像根豆芽菜」、「瘦得像根牙籤」，意思無非都是希望那個孩子能夠多吃一點，長高長壯一點，偏偏只有女孩覺得那副瘦巴巴的模樣很好，巴不得自己也能那麼瘦。

天上的神幾乎都聽到過女孩的祈禱，但都認為她瘋言瘋語，根本不理她。只有一個

好心的神，因為經常聽到女孩嘮叨——不不，是祈禱——很想幫幫她，問題是這個好心的神聽不懂女孩的祈禱。

「奇怪，『瘦得像根豆芽菜』、『瘦得像根牙籤』——這到底是什麼意思啊？有話為什麼不明說呢？」好心的神百思不得其解。

有一天，女孩的祈禱又翻新了，居然說：「我希望能瘦得像月亮這樣就好了！」

這是因為女孩看到月亮彎彎高掛天空，覺得很美，馬上進一步引申——可見瘦就是比胖要漂亮！女孩覺得月亮彎彎的樣子就是比滿月的模樣好看。

好心的神聽到了這句最新的祈禱，立刻振作精神努力思考：「嗯，這道謎語我一定要研究出來！」

原來在好心的神看來，女孩的每一句祈禱都是一道謎語哪！

好心的神想呀想呀，一連想了好些時日，實在想不出來，直到這天晚上，看到月亮的模樣才突然恍然大悟：「哎呀，原來是這個意思啊！原來這個孩子一直是口是心非呀！」

這天晚上，天空剛好是半個月亮，「月」加「半」不就是「胖」嗎？因此，好心的神認定嘴巴一直說想要瘦的女孩，實際上是一直想要胖！

認為自己猜出謎底的神，非常高興：「簡單，我現在就實現你的願望！」

於是，老覺得自己很胖又老喜歡胡亂祈禱的女孩一覺醒來，赫然發現自己真正成為了一個不折不扣的胖姑娘！

【漢字的聯想】

月有陰晴圓缺，如果跟上弦月和下弦月相比，每個月中旬（一個「月」過了一「半」）的時候，月亮看起來當然是胖胖的啦。

一隻怪鳥

海 ㄏㄞˇ

烏鴉是全世界適應力最強的一種鳥，這不僅因為他們的膽子很大、好奇心很強，還因為他們是一種最厲害的雜食性動物，什麼都吃，就算一時不能確定所見到的東西能不能吃，他們也會把那個東西先帶走，再慢慢觀察和研究。

就是因為擁有這種特殊的本事，幾乎在世界上每一個角落都可以見到烏鴉。很多烏鴉也因此很喜歡旅行，而旅途中又難免不時會遇到很多新鮮事。

比方說，烏鴉阿甲最近就碰到了一件奇特的事。

那天，阿甲在一片平原上遇到一隻不認識的鳥，那隻鳥銜著一個小小的勺兒，大概是某一個小孩子的玩具，或是被丟棄的奶粉罐裡的小勺兒。當阿甲遇到那隻鳥的時候，那隻鳥剛巧做了一個令人費解的動作——他把腦袋一歪，小勺兒往下一倒，居然落下了一些水！

「嘿，老兄，你在幹麼？」好奇心強是烏鴉的天性，阿甲也不例外，馬上上前詢問。

那隻怪鳥的回答令阿甲大吃一驚。怪鳥說：「我在做大海呀！」

「什麼？」阿甲簡直不敢相信自己的耳朵，「你怎麼會有這種奇怪的念頭？」

「奇怪嗎？我倒不覺得。」怪鳥說，「我的女朋友從來沒看過大海，一直很想看看大海，所以我想為她做一個大海！」

「哎，老兄，別說廢話了，你不可能做大海的。」

「為什麼不可能？」怪鳥一本正經地說：「從前不是有一隻鳥每天都銜著樹枝之類的東西想要填平大海嗎？如果我每天都往同一個地方不斷地倒一點水下去，久而久之不就可以做一個大海出來了嗎？」

「可是——還沒等你倒第二勺水下去，第一勺水早就已經乾了呀！」

怪鳥說：「是啊，我也注意到這個問題了。所以，看來我還得練習飛得再快一點，因為這附近除了一座小湖之外，就找不到第二個水源了。」

「你飛得再快也不可能做到呀！」阿甲說。

見阿甲這麼肯定的樣子，怪鳥不高興了，瞪著阿甲說：「奇怪，你跟我有仇嗎？為什麼你一直要潑我冷水呢？」

聽怪鳥這麼一說，阿甲不好意思了。

「呃，不是不是——我只是——我只是——」阿甲吞吞吐吐了半天，也不知道該怎麼說。

幸好那隻怪鳥也不在乎阿甲「只是怎麼樣」，他和阿甲說了一聲：「對不起，不和你聊了，我要先走了，我忙得很哪！」然後就銜著小勺兒飛走了。

望著怪鳥逐漸遠去的背影，阿甲只能在心裡說一聲：哎，你多保重啊！

【漢字的聯想】

在神話故事「精衛填海」中，精衛每天不斷地努力在填海，那麼，如果「每」天都在固定地方注一點水（「氵」），也有可能造海嗎？又或者把「每」一條小河每一條水（「氵」）合在一起，就會變成大海？……

眯 ㄇㄧˇ

小咪有好幾個洋娃娃，她們一個比一個漂亮，一個比一個新，可是小咪每天晚上睡覺所抱著的總是那個已經有點老舊的舊娃娃。

有一天，一個新的洋娃娃對於這樣的情況感到非常奇怪。

新娃娃心想：「真是怪事！主人今天看到我的時候明明很高興呀，也和我玩了半天，為什麼不抱我睡覺呢？」

不過，奇怪歸奇怪，新娃娃也只好把疑問放在肚子裡，不好意思問別的伙伴。

「也許是因為我太新，主人擔心摟著我睡會把我弄壞，所以就不抱我睡了？可是——那也不用抱一個那麼舊的娃娃呀？」新娃娃實在想不明白。

她開始仔細觀察，想知道主人為什麼會那麼喜歡那個老娃娃？

觀察了幾天，新娃娃認為一定是因為老娃娃的眼睛。老娃娃是一個眯眯眼。新娃娃心想，好像曾經聽人家說過，眯眯眼是最迷人的眼睛，還有人說，眯眯眼現在正流行，而且還能流行好一陣子。想到這裡，新娃娃就覺得那個老娃娃實在很厲害，她怎麼能在

那麼久以前就擁有現在最流行的眼睛呢？

新娃娃覺得，她和其他的伙伴們也許衣服比較新、比較時髦，或者身價比較貴，可是大家的眼睛都是一個模樣，都不像那個老娃娃的眯眯眼那麼有特色。

「唉，要是我也有一對眯眯眼就好了。」新娃娃不由得對老娃娃愈來愈羨慕了。

可是，當她和伙伴們比較熟了以後，談起這個想法，沒想到有一個伙伴居然這樣對她說：「想要有眯眯眼呀，那除非你的眼睛零件也壞掉。」

「什麼？」新娃娃大吃一驚，「她的眼睛原來是壞的？」

「是啊，所以她的眼睛才會睜不開，才會變成眯眯眼。」

「那——」新娃娃更想不通了，「主人為什麼會那麼喜歡一個壞掉的娃娃呢？」

「因為，只有那個娃娃是主人的媽媽特別送給她的啊！」

「哦。原來如此！」

主人的媽媽到外地進修，聽說要好長一段時間都不能回來，在臨走之前，特別買了那個娃娃。新娃娃猜想：「主人每天抱著那個娃娃睡覺，一定就像媽媽還在身邊一樣吧！」

她終於明白為什麼主人會那麼喜歡那個舊娃娃了。

【漢字的聯想】

喜歡眯眯眼的人、覺得眯眯眼很可愛的人，一定會覺得眯眯眼是最迷人的眼睛吧！（把「迷」字去掉「辶」，再加上眼睛（「目」），就成了「眯」。）

甜 ㄊㄧㄢˊ

灰驢先生戀愛了，他愛上了一位美麗的驢子小姐。灰驢先生很想給驢子小姐寫一封情書，可是想了半天，咬禿了好幾支筆，也不知道該怎麼寫，於是就跑去向狐狸請教。狐狸的文筆向來是公認最好的。

狐狸說：「寫情書嘛，是最簡單的，只要什麼話人家最愛聽，什麼話人家最覺得肉麻，你就盡量那麼寫。」

「能不能請你具體地說一說？」灰驢先生不大明白。

「比方說，女孩子嘛，都愛聽人家說她漂亮，最起碼也要說她很可愛，然後說你是多麼的喜歡她，多麼的為她傾倒——」

「什麼倒？」灰驢先生沒聽懂。

「傾倒。」狐狸寫下來給灰驢先生看。

「這是什麼意思？」灰驢先生不認識「傾」這個字。

「就是——嗯——就是喜歡她喜歡得要命的意思——哎，教你寫情書很累耶，你的

語文太差了！」

「不好意思，對不起，麻煩你盡量仔細地說一說吧！」

「唉，真沒辦法。」狐狸還是挺熱心的，耐著性子又說了一大串。

最後，狐狸說：「當然，怎麼稱呼她也很要緊，我推薦『甜心』這個詞，又肉麻又可愛。」

「甜心。」灰驢先生跟著念了一遍，感覺真的好肉麻噢，不過好像也真的挺可愛的，還很好聽。

在回家的路上，灰驢先生已經開始斷斷續續地打起腹稿來：「我為你摔倒——咦，好像怪怪的？——你真可愛，我為你摔倒——好像不大對勁？——」

回到家，灰驢先生在書桌前坐下來。

「算了算了，不管是不是摔倒了，重新開始吧！」灰驢先生抓起筆，可是馬上又遇到一個新的難題——他忘記了那個又肉麻又可愛又好聽的稱呼該怎麼說！

灰驢先生努力想了大半天總算沾到一點點邊。

「好像是叫作什麼心？……到底是什麼心呢？」灰驢先生想了又想，幾乎想破了腦袋，還是想不出來。

直到臨睡前，當他喝下一杯蜂蜜——這是灰驢先生的習慣，聽說有助於睡眠——當他的舌頭感到一種很舒服、很美好的甜甜的感覺時，灰驢先生這才突然大叫起來：「哈哈，想起來了，是甘心嘛！」

雖然「甘」也有「甜的」意思，不過不難想像，當驢子小姐看到灰驢先生稱自己為「甘心」時，一定是莫名其妙！

【漢字的聯想】

什麼叫作「甘」?字典上說,「甘」就是「甜的,美好的」,那麼,相較於酸和苦、辣等其他味覺來說,當「舌」頭嘗到了「甘」的滋味,那一定就是「甜」的感覺了。

晚 ㄨㄢˇ

不肯休息的日神

傳說從前玉皇大帝只設了一位「日神」，打算由他來統管一天二十四個小時。後來，好多天神都擔心這樣不太妥當，建議玉皇大帝再設一位「月神」，與日神一起負責管理時間。

可是當日神一得知這個消息，馬上跑到玉皇大帝那兒，請玉皇大帝取消這樣的想法。

「我一個人就可以了，完全沒有問題！」日神信心滿滿地說。

「真的嗎？」玉皇大帝有點兒懷疑，「大家都擔心你一個人的工作量太大，會吃不消的。」

「不會不會，大家都不知道我的體力特別好，沒問題的。」

「可是——就算這樣，大家也擔心這麼一來下面那些老百姓也就沒有什麼時間休息了。」

按照修正過後的設計，「日神」管理的時間是白天，「月神」管理的時間是黑夜，

將一天大致分成兩半。可想而知，由「月神」管理的時段，就是要讓大家休息的時候。

對於這樣的設計，日神是堅決反對的。

「休息的時間這麼長，實在是太浪費了！工作的時間應該愈長愈好呀！我們應該鼓勵大家『多工作，少休息』，這樣世界才會進步呀……」

日神哇啦哇啦地說了一大堆，說得玉皇大帝終於心動了，於是宣布：「好，那就還是把時間先交給日神一個人負責，試試看，等有問題再說。」

從玉皇大帝那兒出來，日神一蹦一跳，開心極了！

玉皇大帝接受了他的建議，真是讓他打從心底高興。其實啊，堅持要一個人管理時間的日神，心裡真正的想法是——他不想讓另外一個傢伙來和他平分一天二十四小時，免得弄不好另外那個傢伙會來搶他的風頭。

「我一個人，肯定沒問題的。」日神對自己真是有十足的信心。

然而，過不了多久，問題還是一個一個地出現了。先是下面的老百姓一個接一個地吃不消，紛紛病倒，就連一直說自己沒問題的日神也不行啦。由於缺乏睡眠、缺乏休息，日神不但多了「熊貓眼」，還脾氣暴躁、經常生病，最後，玉皇大帝還是緊急增加了一位「月神」。

而月神上班的時間，因為是玉皇大帝「免」除「日」神上班的時段，後來那個時段就被大家稱為是「晚上」。

【漢字的聯想】

「免」就是「省去」、「不要」（譬如「閒人免進」）的意思，如果將一天的時光分為「白天」和「晚上」，去掉（「免」）白天（「日」）的時間，剩下來的當然就是「晚」上了。

梯 ㄊㄧ

犀牛媽媽不喜歡讓兩頭小犀牛吃太多的零食，擔心會影響他們的正餐。偏偏兩頭小犀牛總喜歡亂吃零食。

這天，犀牛媽媽對兩頭小犀牛說：「我出去一下，很快就回來，你們倆要乖乖在家噢。」

犀牛媽媽說「很快」，就真的是很快，很可能只是去隔壁和鄰居說幾句話就回來。所以，犀牛媽媽前腳剛離開，兩頭小犀牛馬上用最快的速度跑到食物櫃，可是——

咦，好奇怪，怎麼會沒有零食呢？

「哥，你看，在那裡！」弟弟抬頭一望，發現了零食的蹤影。

哥哥跟著抬頭，也看到了，大叫道：「哇，媽媽好詐噢！」

「那現在怎麼辦？」弟弟問。

「當然是咱們倆合作啊，來，你趴下來，讓我踩著你，這樣我就夠得著了。」

「幹麼要我趴著呀？」弟弟不大情願。

「因為是我想的主意。」

「可是是我發現零食放在那裡的。」

「那是因為你比我壯，你讓我踩著，比我讓你踩著要穩。」

這個理由，弟弟就沒辦法有意見了，因為他確實比哥哥壯。

不久，媽媽回來，馬上就發現零食少了。

「你們又偷吃零食了，對不對？」

「沒有啊。」兩頭小犀牛同聲抵賴。

「那零食怎麼會變少？」

「不知道啊。」兩頭小犀牛還是不承認。

過了幾天，媽媽又要出去一下下。這回，她把零食放在更高的地方。

「真麻煩！來，你把那個木箱子搬過來，然後你先踩上去，再讓我踩著。」哥哥指揮道。

這一回，在共同合作之下，他們還是偷吃了零食。

但是，到了第三回，當哥哥發現零食的位置又變了，放在比上回更高的地方時，哥哥也沒主意了。看這個高度，起碼要先堆兩個木箱，再叫弟弟爬上去趴著，自己再爬上去踩在弟弟身上……這實在是太難了！就算他們能找到兩個木箱，也不可能在很短的時間之內把它們堆好、再放回原位。而且，兩個木箱堆起來的高度不低，弟弟要怎麼爬上去已經是一個問題，更別說自己了！

該怎麼辦呢？正在哥哥傷腦筋的時候，弟弟扯扯哥哥，問道：「哥，要不要用這個？」

哥哥回頭一看，吃了一驚——弟弟竟然搬了一個梯子過來！

「這個梯子是從哪裡來的？」哥哥問。

「媽媽買的，她用來爬高去藏零食，我看到的。」弟弟說。

找到梯子，以後不管是誰都可以輕輕鬆鬆地爬上去拿零食了。

不過，兄弟倆輕鬆了，媽媽卻挺煩惱，總在想：「奇怪，零食怎麼還會莫名其妙的減少？我都已經藏得那麼高了，他們怎麼還找得到？」

【漢字的聯想】

「梯」是一種「登高的用具」，同樣可拿來墊高的用具還有木箱……，假設有兩兄弟，弟弟比較壯，偶爾這個「弟」弟充當一下「木」箱，就成了「梯」了。

天才收帳員

帳 ㄓㄤˋ

從前，有一個喜歡包頭巾的年輕的收帳員，每次出門收帳都不帶帳本，可是應該到哪些地方、向哪些人收多少帳，總是弄得清清楚楚，從來不會弄錯。

別人問他：「你的祕訣到底是什麼？」

他總是指指自己的頭，微笑道：「全靠我的寶貝呀！」

別人把年輕人說的「寶貝」理解為他的腦袋，十分羨慕：「哦，全靠記的啊！記性這麼好啊！真厲害！真是天才！」

年輕人笑而不答，什麼也沒說。這麼一來，就好像等於默認了。

就這樣，由於擁有超強的記憶力，這個年輕人在他這一行的名氣愈來愈大。

特別是有一次，他在外出收帳的時候，在一個旅店和幾個同行巧遇。當天晚上那家旅店遭到了小偷，大家的行李都被偷個精光，這個收帳員也不例外。第二天一早，其他的同行都只好垂頭喪氣地回去向各自的老闆報告，打算改天再來收帳，只有這個年輕的收帳員完全不受影響，還可以繼續去完成他的工作，大家都對他佩服得不得了。

這個年輕人的工作既然做得那麼出色，又還沒有結婚，當然就會有很多人來為他做媒。後來，年輕人結婚了。在結婚第一天，他就跟妻子說：「家裡什麼東西都歸你管，就是我的頭巾你不要碰。」

過了不久，頭巾就成了妻子對丈夫最大的不滿。還不止是因為丈夫不讓她碰這些頭巾，更重要的是她覺得丈夫實在是太浪費了，既不好好兒愛惜這些頭巾，老是在這些頭巾上亂塗亂畫，還經常換新的頭巾，而且丈夫的頭巾尺寸也總是和別人的不同，總是不必要的長。

「浪費，實在是太浪費了！」妻子經常這樣抱怨著。

終於有一天，妻子忍無可忍，自作主張把丈夫的好幾條頭巾全都洗了，沒想到卻也揭開了丈夫長久以來的一個祕密——原來，這個年輕人一直有一個與眾不同的習慣，總喜歡把帳目記在頭巾裡哪！原來，他一直依靠的「寶貝」指的就是這些頭巾呀！

【漢字的聯想】

如果有一個包頭巾的人，總是喜歡用特別「長（ㄔㄤˊ）」的頭「巾」，其中一定有原因……

短 ㄉㄨㄢˇ

綠色的小箭

有一個藝術家，用蘿蔔雕了一個迷你的戰士，戰士的身高只有他大拇指的一半。

這個戰士是一個弓箭手，很威風地站著，側著頭做出瞄準的樣子。藝術家花了很長的時間和極大的耐心，終於把弓箭手大致雕好，只除了一個很重要的部分——這個弓箭手沒有箭！不管是他的箭筒裡或是他的手上都是空空的，這就使他拉弓箭的動作讓人覺得挺奇怪的。

藝術家把弓箭手看了又看，然後放下工具，踱到廚房去。

老婆一看到他過來，就有點兒緊張：「又要來拿我的什麼東西？」

她挺不樂意看到丈夫把食物拿去「玩」。

「我看看有沒有什麼合適的材料。」說著，藝術家就伸出手想到老婆的菜籃裡去翻翻揀揀。

老婆馬上就在他的手背上打了一下，連聲說：「沒有沒有，我這裡沒有你適合的東西，你還是到別的地方去找吧！」

不過，在被老婆推出廚房的時候，藝術家趁老婆不注意，已經用飛快的動作把一包綠豆偷偷塞到自己的口袋裡。

回到工作室，雕刻家把那包綠豆拿出來，挑出一顆，仔細地研究。

研究了好一會兒，藝術家認為無論是大小或質感，綠豆都很適合用來雕成一根小小的箭！

「哈，太好了！」藝術家高興極了，馬上埋頭拚命工作。

過了兩個小時，他終於辛辛苦苦地雕出一根箭。又過了兩個小時，第二根小小的箭也雕好了……藝術家把自己關在工作室裡，認真工作了十個小時，雕好了五根迷你的小箭，弓箭手的箭筒差不多就裝滿了。

現在，只差弓箭手手上那一根箭。但是，藝術家已經累得不行了。他站起來，伸展一下身體，決定出去散一會步，休息一下。

稍後，當藝術家回來，打算好好精心雕刻最後一根箭的時候，卻發現桌上那包綠豆，連同剛才雕好的五根箭，居然統統都不見了！

藝術家氣急敗壞地衝到廚房，對著老婆大嚷：「箭！我的箭！是不是你拿走了？」

老婆一臉莫名其妙：「什麼箭？」

「綠豆！綠豆啊！」

「哦，你是說那包綠豆啊！當然是煮了呀！我找了半天都找不到，原來是你拿走了。拿走也不跟我說一聲，我還沒怪你呢！天氣這麼熱，今天兒子難得要回來，那是我特地要煮來給兒子消暑的，怎麼可以這樣被你浪費！」

藝術家再一看爐子——唉，心都涼了！鍋子裡現在正「咕嘟咕嘟」煮著的可不就是一鍋綠豆湯嘛！

【漢字的聯想】

「矢」就是「箭」，用「豆」子雕成的箭（「矢」），可不就是世界上最迷你、最「短」的箭嗎？

植 ㄓˊ

為了安排新獅王的出訪行程，土狼真是動了很多的腦筋。他剛升任獅王的皇家祕書不久，這是他第一回負責安排獅王的出訪行程，當然要好好兒表現，用心規畫，一定要讓獅王感到非常滿意才行。

在開始規畫行程之前，土狼先翻閱了很多過去的資料，看看過去的祕書在為老獅王安排出訪行程時都有些什麼樣的做法。

當看到草原區曾經為老獅王舉行過植樹活動時，土狼覺得這個活動不錯，打算沿用。為了慎重，土狼特地去了一趟草原區，打算做一點行前準備。

負責接待他的是小白兔。

土狼東張西望一番，問小白兔：「喂！哪一棵是我們老國王植的樹啊？」

小白兔指指不遠處一棵枝葉茂密的樹說：「就是那一棵呀。」

土狼看了一看，「那它旁邊那幾棵樹呢？也是什麼貴賓所植的嗎？」

「是的。」小白兔點點頭。

土狼馬上就有意見了：「那多不好！我們獅王和其他貴賓植的樹怎麼可以混在一起！應該要讓獅王植的樹凸顯出來呀！——這樣吧，訂做一塊大石碑，要特別注明這是獅王所植的樹，然後放在樹的前面，讓所有經過的人一看就知道這棵樹有特別的意義，這樣才有意思嘛！」

「可是——」

「怎麼，你不同意嗎？」土狼凶巴巴地瞪著小白兔。

「不是，只是我們以前沒做過這樣的事，不大會……」看土狼那麼凶，小白兔有點兒害怕。

「我會教你呀！這事就這麼定了。懂不懂？」土狼還是那麼狠狠地瞪著小白兔。

小白兔嚇得都要發抖了，只得連連說：「好好好，就這麼辦，懂了懂了。」

土狼總算滿意了。在回去的路上還得意揚揚地想著：「哼，這些吃草的傢伙，有時候就得嚇唬他們一下。」

接下來，土狼每次和小白兔聯絡，都只關心：石碑準備好了沒有？是不是用了最好的石頭？是不是用了最貴的石頭？是不是找了最好的雕刻師傅來刻字？……

土狼的要求還真多，小白兔窮於應付，忙得團團轉。一直到獅王即將駕到的當天上午，才總算把石碑準備妥當，可是也直到現在小白兔才赫然發現——糟糕！有經驗的園藝師還沒聯繫好，而且要植的樹苗也還沒有準備！

慌張之餘，小白兔只好趕緊找來一棵小樹苗，並且在當天下午的植樹活動中，自己充當園藝師。

後來，當天的植樹活動雖然辦得熱熱鬧鬧，石碑也做得很漂亮，可是由於小白兔對於挑選樹苗以及植樹的經驗不足，不僅樹苗太小太不健康，樹也種不直，歪歪的，很難看，而且更要命的是，不到兩個月，獅王所種下的樹就死了！獅王知道之後，非常不高興，認為土狼不會辦事，馬上撤掉了他皇家祕書的職務。

【漢字的聯想】

樹苗（「木」）種下去，一定要種得「直」，「植」樹才算植得好。

智 ㄓˋ

從前，有一個國王和一個王后，夫妻之間感情非常好，遺憾的是他們始終沒有孩子。

一直到國王和王后年紀都挺大了，王宮裡才突然傳出大家期待多年的好消息——王后懷孕了！

大家都非常興奮。不管王后生下的是男孩或是女孩，這個孩子都將是王國未來的繼承人啊！

後來，王后生下了一個男孩。這個男孩自然而然就被寄託了整個王國的希望。

男孩一天一天的長大，非常的健康活潑和可愛。大家都打心底裡深愛小王子。

到了小王子少年時期，老國王覺得應該要讓孩子明白一些道理。

老國王對兒子說：「孩子，你也不小了，該為未來考慮考慮了。我希望你將來能成為一個有智慧的國王，這樣我們的老百姓才會有福氣。」

「要怎麼樣才能有智慧呢？」小王子問。

老國王說：「這個問題我很難回答你，我只知道怎麼樣才能有知識，這比較容易，你只要每天都好好兒學習就是了。」

可是，小王子心想，這怎麼會比較容易，這很難呀！

不久，小王子聽說在很遠很遠的地方，有一座山，山上有一個神非常非常靈，而且有求必應。

「太好了。」小王子想著：「我就去向他求智慧好了。」

為了求智慧，小王子不惜展開長途跋涉。一路上，他吃了很多苦，花了三個月的時間，好不容易才找到了那個據說非常靈驗的神。

小王子恭恭敬敬地趴在神的腳邊，誠心誠意地說：「神啊，請賜給我智慧吧！」

神說：「那你首先要有知識呀。一個無知的人怎麼可能有智慧呢？」

「那麼——那麼——」小王子不敢說，「想要有知識不是很累嗎？」因為這個問題的答案不用問他也知道，無非就是父親早就告訴他的——「每天都要好好兒學習」嘛！

神又說：「你既然能夠花這麼多時間，辛辛苦苦來到這裡，為什麼不把這些時間和精力用在學習上呢？」

小王子想想也有道理，回去之後，果真開始靜下心來好好兒學習。

日子一天一天的過去，小王子每天都好好兒學習，果然一天比一天有知識，而隨著年齡的增長，閱歷的豐富，他也愈來愈能靈活運用所學的知識，漸漸地也就愈來愈有智慧了。

多年以後，老國王去世了，小王子即位。小王子果真成為一個很有智慧的國王，老百姓都能安居樂業。而遠方那個神，更加受人崇拜，人們在說起他是如何的靈驗、如何的有求必應時，都會提到這麼一個例子——「你們看，某某國的國王，曾經在少年時期來這裡求智慧，現在不是做得滿好的嗎？」

【漢字的聯想】

一個有智慧的人，除了天生有比較好的悟性，也必定是個有上進心，每天（「日」）都在不斷學習、有「知」識的人。

惑 ㄏㄨㄛˋ

在冬眠開始的第一天，所有的熊寶寶都接到了緊急通知──從今年開始，不再強迫大家冬天一定要睡覺了！只不過大家仍然必須安安靜靜地待在家裡，不可以到外面亂跑，以免吵到其他的動物。

這個消息來得突然，把所有的熊寶寶都嚇了一跳。元元也是這樣，忍不住抱怨著：「真是的，都不早講，害我都沒辦法先想好這個冬天要做什麼了！」

怎麼辦？那就只好現在趕快想了。

元元首先想到的是打電腦遊戲。哈哈，早就想好好的大打特打打個痛快啦，如今從天上掉下來這麼一個長長的假期，當然不能放過這麼好的機會！

不過──元元又想，假期這麼長，總不能只打電腦遊戲吧？如果只打電腦遊戲，一定會打得頭昏眼花，搞不好還會把眼睛弄壞，那就太划不來了。

「或許我應該再看點書？」元元心想，立刻把「看漫畫」也列入計畫。

在把想看的漫畫一套一套的統統整理好之後，元元又想：「只看漫畫會不會不太好呀？難得有這麼長的假期，或許我也應該看一點其他的書？」

於是，他又把幾本早就想看、大家都說很棒的書，還有好幾本老師要求看的書也從書架上拿了下來。

接下來，元元又想到自己一直有一個想要好好兒研究點心食譜的計畫，因為他對做點心一直很有興趣。

「或許我也應該把『做點心』列入計畫？或許這個假期就是老天爺特別送給我，讓我能夠好好兒的練習做點心？」元元愈想愈開心。

在「做點心」之後，元元又想到，或許應該把「整理衣櫃」、「整理玩具」也列入計畫，這些也都是他早就想做的事……

或許——就是因為有這麼多的「或許」，元元一直不知道到底該如何定一個完美的計畫，結果，在整個假期中，他主要做的事就是這麼一直的東想西想！其他的什麼也沒做！

【漢字的聯想】

如果一會兒想或許應該這樣，一會兒又想或許應該那樣；或許這樣比較好，或許那樣才正確……如果有太多的「『或』許」，「心」就會變得很迷亂，沒辦法拿定主意，不知該如何是好，而這就是「惑」的感覺。

小蝙蝠的新發現

福 ㄈㄨˊ

有一隻小蝙蝠，和家人一起住在一個陰暗的蝙蝠洞裡。這是他們世世代代居住的地方。

有一天，小蝙蝠告訴大家，他想出去看看外面的世界。大家聽了，先是大吃一驚，緊接著是非常反對！

爸爸首先說：「不知道為什麼，外面的人都很不喜歡我們，你出去會有危險的！」

媽媽也說：「可能是因為我們的模樣不夠可愛，生活習慣也和他們大不相同，所以他們好像都挺怕我們的。」

小蝙蝠覺得很奇怪：「可是我覺得我們這樣沒有什麼不好呀！」

哥哥和姊姊立刻說：「話是沒錯，可是那些人很不講理啊，這樣的話，你接近他們會有危險的！」

「可是我還是想出去看一看。我會小心的。」小蝙蝠說，「也許那些人沒有傳說中那麼壞呢。」

小蝙蝠還是離開了蝙蝠洞。從他離開的那一天開始，全家人的心都是懸著的，生怕小蝙蝠在外面會碰到什麼不好的事情。媽媽還常常想著想著就不敢再想下去，甚至會忍不住用大翅膀遮住了自己的眼睛。

盼呀盼呀，終於盼到小蝙蝠回來的時候了！小蝙蝠看起來精神很不錯，心情也滿好。

大家趕緊圍上去：「怎麼樣？外面的世界還好嗎？」

「不壞呀！」小蝙蝠高高興興地說，「最重要的是我覺得外面那些人沒那麼怕我們，更沒那麼討厭我們，我甚至覺得他們好像都還滿喜歡我們的哩，在好多房子外面都看得到我們的樣子！」

「真的？」大家都覺得很不可思議。

「還有哪，」小蝙蝠繼續說，「我發現他們經常一畫蝙蝠就是五隻。奇怪，他們怎麼知道我們是一家五口？」

「是啊，真奇怪！」大家一起倒掛在樹上，歪著腦袋認真地想了半天，怎麼也想不明白。

其實啊，這是因為「蝠」正好與「福」同音，很多人為了圖個吉祥，都喜歡在外牆上用蝙蝠的形象來做裝飾，而「五隻蝙蝠」又正好是代表「五福臨門」啊！

【漢字的聯想】

很多古典建築的外牆上都看得到五隻蝙蝠，就是因為「蝠」與「福」同音，所以用「五隻蝙蝠」來表示「五福臨門」，討個吉利。

飽 ㄅㄠˇ

有一個外星人，在即將乘坐太空船來到地球之前，參加了一個「地球語言集訓班」。

老師說：「注意聽好了，現在我要教你的都是非常實用也非常重要的地球語言，你一定要認真學習！」

「好的，我一定會很認真的。」

「首先，第一句是——『我為和平而來』，來，跟著我念——『我，為，和，平，而，來』——」

「我，為，和，平，而，來——」外星人非常認真的學習。

「如果別人問你從哪裡來，你就說——『我從遙遠的星球來』，來，『我，從……』」

老師一句一句地教，還把每一個句子適用的場合也都做了詳細地說明。

老師還教了這麼一句。老師說：「這個句子雖然很短，只有三個字，但是非常重

要。因為地球人非常熱情，為了表示友好，他們會讓你吃很多東西，在非常緊急的時候，你可以這麼說……」

學會了很多基本的地球語言之後，外星人就踏上了漫長的旅途。經過很久很久的飛行，外星人終於順利抵達了地球。一到了地球，外星人立刻就受到熱烈的歡迎，特別是當他一說：「我為和平而來。」人們更是激動萬分，掌聲久久都停不下來。

外星人很快就發現，以前在「地球語言集訓班」所學到的每一個句子真的都非常實用，心裡非常高興！

當天晚上，在特別為他所舉辦的歡迎晚宴上，面對著大家那麼熱情甚至可以說是搶著為他夾菜的場面，外星人知道這是該說那句非常重要的句子的時候了。可是——糟糕！他忽然想不起來了。

外星人又急又懊悔。真是的，因為這個句子比較短，只有三個字，而當時該學的句子又很多，所以一時大意，以為自己已經會了就疏於復習，現在可好，想用的時候居然想不起來了！

外星人拚命地想，急得不得了，急得臉色一會兒青一會兒紫的，把在場的地球人都嚇壞了。大家都感覺到外星人好像要講什麼重要的話，紛紛都屏住呼吸等著。

等了好一會兒，外星人終於開口了，但他的口氣顯然不是那麼肯定。

「我——我包了——」外星人吞吞吐吐道。

唉，其實啊，他原來是想說「我飽了！」

不難想像，當他一說出這句話後，竟得到和他期望中完全相反的結果！——地球人把所有的菜都堆到了他的面前！

第二天，各大報紙還都刊登了同樣一條新聞，標題是——「意外！外星人原來是大胃王！」

【漢字的聯想】

如果有這麼一個人，不管他是地球人還是外星人，能夠把桌上的「食」品全「包」了，不但會嚇壞別人，他自己也會「飽」得不行啊。

話很多的新鬼

魂 ㄏㄨㄣˊ

據說，鬼是沒有聲音的，更不會說話，可是有一個新鬼，偏偏話多得要命。

他的話，多半是抱怨：「嗚嗚嗚，我一輩子都是一個倒楣鬼，還被老婆罵了大半輩子的討厭鬼，現在真的變成鬼了！」

他又說：「凡是帶個『鬼』字的，都沒好話，『鬼混』、『搞鬼』、『鬼把戲』、『鬼才相信』、『鬼鬼祟祟』，……唉，我怎麼那麼倒楣啊！」

這時，旁邊一個新鬼忍不住開口道：「也不一定吧。『鬼斧神工』就是一句好話啊！以前人家就常常誇獎我是『鬼斧神工』……」

說著說著，這個新鬼難過起來……在生前他是一個很棒的工藝師傅。

而那個話很多的新鬼，非常遲鈍，竟然沒有發覺是自己勾起了伙伴的難過，還在那兒一個勁兒的抱怨著：「唉，我好倒楣啊！我怎麼忽然就變成鬼了呢！」

話剛說完，又有一個新鬼接口了，這個新鬼生前是一個老師。

「那你就不要當鬼好啦！」

此話一出口，附近所有的新鬼都嚇了一跳，那個話很多的新鬼顯然尤其激動，睜大了眼睛嚷嚷著：「可以嗎？現在還可以自由選擇嗎？我可以不用當鬼嗎？」

「當然可以，」那個老師新鬼慢條斯理地說，「不當鬼，你可以把自己當成『魂』嘛。」

眾鬼聽了，頓時紛紛泄了氣。搞了半天，根本就是差不多嘛。

【漢字的聯想】

為什麼「鬼」說（「云」）話就叫作「魂」呢？也許是靈魂剛剛脫離肉體，頗不適應，自然有很多話要說吧。

包在衣服裡的蘋果

裹

ㄍㄨㄛˇ

浣熊媽媽叫小浣熊去洗衣店幫忙把送洗的衣服拿回來。

「真是的，為什麼老是叫我去做事啊？」小浣熊抱怨著。

「哪有『老是』呀！」浣熊媽媽說，「平常我多半是叫你哥哥幫我耶，今天你哥哥不在，我才叫你的。」

「人家我正在忙嘛！」

「哎呀，你忙什麼呀！還不就是在玩。難得幫媽媽做一點事，就別那麼多廢話了。」說著，媽媽已經把一個手提袋塞到小浣熊的手上，「記得把你和哥哥的衣服一起拿回來。」

小浣熊沒辦法，只好放下手中的玩具，心不甘情不願的出門了，一邊走一邊還在心裡嘟嘟囔囔：「好不講理哦，人家玩明明就是很重要的事啊。」

到了洗衣店，小浣熊對正在照顧店的山羊大嬸說：「大嬸，我來拿衣服，我和我哥的。」

山羊大嬸笑咪咪地說：「好，都好了，你等一下啊。」

山羊大嬸把衣服從掛衣架上取下來，仔細疊好，還幫小浣熊放進手提袋裡，然後誇獎小浣熊道：「你好乖，好能幹啊。長大了，會幫媽媽做事了。」

「沒有啦。」小浣熊說，他在心裡還接了一句，「其實我也不願意啊。」

就在小浣熊要離開的時候，山羊大嬸突然叫住他：「小朋友，等一下！」

「什麼事？」小浣熊回過頭，納悶地看著山羊大嬸，心想，錢已經付過了呀，還有什麼事呢？

山羊大嬸拿了一個大大的紅蘋果送給小浣熊：「哪，這個送給你，回去跟哥哥一起分著吃吧。」

「好啊！謝謝！」小浣熊高高興興地把蘋果接過來。他向來是最喜歡吃蘋果了。

小浣熊走著走著，不時把手上的蘋果舉起來看上兩眼，愈看愈喜歡。忽然，小浣熊有了一個想法：「乾脆我把這個蘋果藏起來，自己一個人吃了吧，反正哥哥又不知

道。」

於是，小浣熊就把蘋果放進手提袋裡，而且用自己的衣服包起來。

一進家門，哥哥就迎上來：「嗨，你回來啦！我也才剛到家呢！」

哥哥好心主動要接過手提袋，小浣熊想阻止都來不及。

「我來幫你拿——咦，這是什麼？」哥哥把衣服拿出來，馬上就發現自己的衣服裡面有一個蘋果，「你幹麼要在我的衣服裡包一個蘋果啊？是要送我的嗎？你真好！我們一起吃吧！」

小浣熊這才知道原來自己剛才錯把哥哥的衣服當成是自己的了！

可是，在這種時候，他還能說什麼呢？更何況，看到哥哥那麼大方，小浣熊真為自己的小氣而感到非常非常的不好意思！

【漢字的聯想】

看看這個字，可不就是在衣服中間（「衣」），包著一個「果」子嗎？

諧 ㄒㄧㄝˊ

有一個「壞脾氣王國」，王國裡從國王、王后、大臣一直到普通的老百姓，每一個人的脾氣都大得要命、壞得要命。

由於脾氣不好，「壞脾氣王國」裡每一個人講起話來都活像是吃了火藥，衝得不得了，而且動不動就罵人。

本來，因為大家都這樣，甚至可以說世世代代都這樣，大家都覺得講話要這麼凶是正常的，而且還以為別的國家的人也是這樣講話的呢。直到有一天，國王和王后受到邀請到遠方好幾個國家去訪問……

這是「壞脾氣王國」的國王和王后第一次踏出國門，所到之處，都引起極大的轟動！因為他們總是動不動就罵人，動不動就發脾氣，很快就把大家都嚇得不敢和他們說話了。

而這趟出國訪問也帶給國王和王后很大的震撼！他們生平第一次知道，原來在這個世界上不是每一個人都像他們王國裡的人這樣說話，而且——憑良心說，他們都覺得其

實像別人那樣說話實在是滿不錯的。

回到自己的國家之後，國王和王后看看自己的老百姓，都覺得實在是太糟糕了，而且經常發脾氣確實也對健康很不好呀！

「我們一定要做一點改變！」國王和王后都這麼想。

可是，該做怎麼樣的改變呢？

國王和王后都陷入了深思。他們約定好先各自想三天，然後再一起討論。

三天之後，王后問國王：「想出來了沒有？」

「還沒哪！」

「什麼？還沒有？你這樣怎麼當國王？」

國王生氣了，「那你呢？你想出來什麼好辦法沒有？」

「我也還沒有。」

「那你還敢講我？」

「可是我只是王后呀，笨蛋！」

說著說著，兩個人又爭吵起來了！

幸好，這一次就在兩個人都即將大發脾氣的時候，兩個人都冷靜下來，不約而同地說：「哎呀，我們這是幹麼呀！不是才說要做一點改變嗎？」

忽然，王后有點子了：「不如我們就從『不罵人』開始好了。」

國王很贊成。於是，他們就在王國裡積極推廣「不罵人運動」。

過了一段時間，他們又推廣「說好話運動」。所謂「好話」，就是善意的話。

漸漸地，由於大家都不罵人，又經常說好話，不但大家的身體都比以前健康，而且整個社會氣氛也比以前要和諧得多。

「壞脾氣王國」就這樣漸漸地變成了「好脾氣王國」啦！

【漢字的聯想】

人與人之間要怎麼樣才能相處和諧？應該就是要從每個人都（「皆」就是「都」）習慣於對別人客客氣氣、好言好語、說（「言」）好話開始吧。

燈的故事

燈 ㄉㄥ

在很久很久以前，有一個大戶人家，誕生了一個小男孩。這個小男孩從一出生開始，便被他的父母寄予厚望，父母都希望他能好好兒學習，將來出人頭地。

偏偏小男孩非常不愛學習，成天就喜歡東晃西晃。到他十歲的時候，父親說：「這樣下去可怎麼得了！不行！從今天開始要執行一項新的家規！」

新的家規就是——小男孩每天都得念完老師規定的讀書量，不可拖欠，不可累積，白天如果沒念完就晚上接著念，不念完就不准上床睡覺！

新家規頒布之後第一天，小男孩白天就沒念完該念的讀書量。其實他是有點故意的。別忘了那個時候可是古代啊，沒有燈，到了晚上如果還想要讀讀書寫寫字可是非常的不方便，小男孩的如意算盤是，既然不方便，父親大概也就不會按家規辦了！

沒想到父親這回居然很認真，冷冷地說一聲：「不方便啊，沒關係，那就叫阿寶替你舉著燭火照明好了！」

阿寶是一個小家丁，在很小的時候就隨媽媽來到這戶人家，年紀和小少爺差不多。

於是，阿寶就舉著燭火站在小少爺身旁，陪著小少爺念書。阿寶倒並不覺得這是一項苦差事，因為他還滿喜歡讀書的，他覺得這樣自己也可乘機讀讀書，真是太棒了！

才讀了一會兒，小男孩就把書本丟開，扯著頭髮大叫：「讀書太煩了！如果可以不必讀書，我願意做任何事！」

小家丁聽了，卻默默地想著：「如果可以讀書，我願意做任何事……」

忽然，不可思議的事情發生了！彷彿才一眨眼的工夫，小家丁變成了小少爺，而原來的小少爺則成了站在一旁舉著燭火的小家丁！

又過了好一會兒，小男孩又吃不消了，不耐煩的大叫道：「只要可以不用這樣呆呆地站在這裡，我願意做任何事！」

話剛說完，事情又有了急劇的變化！這一回，小男孩來到了現代，但是，他變成了一盞燈。現在，他不用呆呆站著也可以照明了。

【漢字的聯想】

在簡體字中，「燈」是這麼寫的——「灯」，像不像一個家「丁」舉著燭「火」來照明呢？

國家圖書館出版品預行編目資料

管家琪說漢字故事／管家琪著；蔡靜江繪圖.
-- 初版. -- 台北市：幼獅, 2009.05
面； 公分. --（多寶槅. 文藝抽屜；154）

ISBN 978-957-574-728-2（平裝）
1. 漢字 2. 通俗作品

802.2 98004004

・多寶槅154・文藝抽屜

管家琪說漢字故事

作　　者＝管家琪
繪　　圖＝蔡靜江
主　　編＝林泊瑜
美術編輯＝裴蕙琴
出 版 者＝幼獅文化事業股份有限公司
發 行 人＝李鍾桂
總 編 輯＝劉淑華
總 公 司＝10045台北市重慶南路1段66-1號3樓
電　　話＝(02)2311-2836
傳　　真＝(02)2311-5368
郵政劃撥＝00033368

門市：幼獅文化廣場
●台北衡陽店：10045台北市衡陽路6號
電話：(02)2382-2406　傳真：(02)2311-8522
●松江展示中心：10422台北市松江路219號
電話：(02)2502-5858轉734　傳真：(02)2503-6601
●苗栗育達店：36143苗栗縣造橋鄉談文村學府路168號（育達商業技術學院內）
電話：(037)652-191　傳真：(037)652-251

印　刷＝崇寶彩藝印刷股份有限公司
定　價＝250元
港　幣＝83元
初　版＝2009.05
書　號＝984128

幼獅樂讀網
http://www.youth.com.tw
e-mail：customer@youth.com.tw

行政院新聞局核准登記證局版台業字第0143號

幼獅文化公司／讀者服務卡／

感謝您購買幼獅公司出版的好書！
為提升服務品質與出版更優質的圖書，敬請撥冗填寫後（免貼郵票）擲寄本公司，或傳真（傳真電話02-23115368），我們將參考您的意見、分享您的觀點，出版更多的好書。並不定期提供您相關書訊、活動、特惠專案等。謝謝！

基本資料

姓名：……………………先生／小姐

婚姻狀況：□已婚 □未婚　職業：□學生 □公教 □上班族 □家管 □其他

出生：民國……………年……………月……………日

電話：（公）……………（宅）……………（手機）……………

e-mail：……………………

聯絡地址：……………………

1.您所購買的書名：**管家琪說漢字故事**

2.您通常以何種方式購書？（可複選）：□1.書店買書 □2.網路購書 □3.傳真訂購 □4.郵局劃撥 □5.幼獅門市 □6.團體訂購 □7.其他

3.您是否曾買過幼獅其他出版品：□是，□1.圖書 □2.幼獅文藝 □3.幼獅少年
□否

4.您從何處得知本書訊息：（可複選）□1.師長介紹 □2.朋友介紹 □3.幼獅少年雜誌
□4.幼獅文藝雜誌 □5.報章雜誌書評介紹……………報
□6.DM傳單、海報 □7.書店 □8.廣播(　　　　)
□9.電子報、edm □10.其他……………

5.您喜歡本書的原因：□1.作者 □2.書名 □3.內容 □4.封面設計 □5.其他

6.您不喜歡本書的原因：□1.作者 □2.書名 □3.內容 □4.封面設計 □5.其他

7.您希望得知的出版訊息：□1.青少年讀物 □2.兒童讀物 □3.親子叢書
□4.教師充電系列 □5.其他

8.您覺得本書的價格：□1.偏高 □2.合理 □3.偏低

9.讀完本書後您覺得：□1.很有收穫 □2.有收穫 □3.收穫不多 □4.沒收穫

10.敬請推薦親友，共同加入我們的閱讀計畫，我們將適時寄送相關書訊，以豐富書香與心靈的空間：
(1)姓名……………e-mail……………電話……………
(2)姓名……………e-mail……………電話……………
(3)姓名……………e-mail……………電話……………

11.您對本書或本公司的建議：

廣 告 回 信	
台北郵局登記證	
台北廣字第942號	

請直接投郵　免貼郵票

10045　台北市重慶南路一段66-1號3樓

幼獅文化事業股份有限公司

請沿虛線對折寄回

客服專線：02-23112836分機208　　傳真：02-23115368

e-mail：customer@youth.com.tw

幼獅樂讀網http：//www.youth.com.tw